हिन्द पॉकेट बुक्स

दूसरी ज़िन्दगी

लियो टॉलस्टाय उन्नीसवीं सदी के सर्वाधिक सम्मानित लेखकों में से एक हैं। उनका जन्म रूस के एक संपन्न परिवार में हुआ था। उन्होंने रूसी सेना में भर्ती होकर क्रीमियाई युद्ध (1855) में भाग लिया, लेकिन अगले ही वर्ष सेना छोड़ दी। लेखन के प्रति उनकी रुचि सेना में भर्ती होने से पहले ही जाग चुकी थी। उनके उपन्यास *युद्ध और शान्ति* (1865-69) तथा *आन्ना करेनिना* (1875-77) साहित्यिक जगत में क्लासिक रचनाएँ मानी जाती हैं।

धन-दौलत व साहित्यिक प्रतिभा के बावजूद लियो टॉलस्टाय मन की शांति के लिए तरसते रहे। अंततः 1890 में उन्होंने अपनी धन-संपत्ति त्याग दी। अपने परिवार को छोड़कर वे ईश्वर व गरीबों की सेवा करने हेतु निकल पड़े। उनके स्वास्थ्य ने अधिक दिनों तक उनका साथ नहीं दिया। आखिरकार 20 नवम्बर 1910 को अस्तापवा नामक एक छोटे से रेलवे स्टेशन पर इस धनिक पुत्र ने एक गरीब, निराश्रित, बीमार वृद्ध के रूप में मौत का आलिंगन कर लिया।

दूसरी ज़िन्दगी

लियो टॉलस्टाय

हिन्द पॉकेट बुक्स
पेंगुइन रैंडम हाउस इम्प्रिंट

हिन्द पॉकेट बुक्स

यूएसए | कनाडा | यूके | आयरलैंड | ऑस्ट्रेलिया
न्यू ज़ीलैंड | भारत | दक्षिण अफ्रीका | चीन

हिन्द पॉकेट बुक्स, पेंगुइन रैंडम हाउस ग्रुप ऑफ़ कम्पनीज़ का हिस्सा है,
जिसका पता global.penguinrandomhouse.com पर मिलेगा

पेंगुइन रैंडम हाउस इंडिया प्रा. लि.,
चौथी मंजिल, कैपिटल टावर -1, एम जी रोड,
गुड़गांव 122 002, हरियाणा, भारत

पेंगुइन
रैंडम हाउस
इंडिया

प्रथम संस्करण हिन्द पॉकेट बुक्स द्वारा 1971 में प्रकाशित
यह हिन्दी संस्करण हिन्द पॉकेट बुक्स में पेंगुइन रैंडम हाउस द्वारा 2023 में प्रकाशित

10 9 8 7 6 5 4 3 2

ISBN 9789353493202

मुद्रकः रेप्रो इंडिया लिमिटेड

www.penguin.co.in

FSC www.fsc.org MIX Paper from responsible sources FSC® C047271

दूसरी ज़िन्दगी

प्रथम भाग

सूर्य की गरमी बढ़ गई थी, घास स्थान स्थान पर फिर उगने लगी थी। बेत, चिनार और जंगली चेरी की सूखी देह फिर पल्लवित हो उठी थी और उनसे सुगन्ध फूटने लगी थी; नीबू के पेड़ों में नई कलियां आने लगी थीं; काक, गौरैया और कपोत वसन्तागम के आनन्द में भरकर अपने नीड़ बनाने लगे थे; मधुमक्खियां दीवारों पर मंडराने और गुंजने लगी थीं। पौधे, पक्षी, कीट-पतंग और बच्चे, सभी प्रसन्नता से भर उठे थे। किन्तु सयाने स्त्री-पुरुष तब भी अपने को और एक-दूसरे को वंचित करने और सताने से बाज नहीं आते थे। उनके लिए वसन्त का प्रभात पवित्र नहीं था; उनका ध्यान ईश्वर की दुनिया के सौन्दर्य की ओर नहीं था; सौन्दर्य जो प्राणियों को आनन्दित करने के लिए दिया गया है और जो हृदय को शान्ति, समन्वय और प्रेम की ओर प्रेरित करता है। पर वह सब उनकी आंखों से ओझल था, वे एक-दूसरे को फंसाने के अपने षड्यन्त्रों में ही मगन थे।

प्रान्तीय कारागार के कार्यालय में प्राणियों तक वसन्त के आनन्द की लहरें नहीं पहुंची थीं; उनकी जगह पिछली रात को एक सरकारी आज्ञापत्र पहुंचा था कि आज 28 अप्रैल को सुबह नौ बजे तीन कैदी, दो स्त्रियां और एक पुरुष, अदालत में हाजिर किए जाएं। इसलिए आठ बजे प्रधान जेलर और बन्दिनी-विभाग की नारी जेलर, दोनों ने अन्दर

जाकर आवाज़ दी, "मस्लोवा, अदालत के लिए तैयार हो।" फिर द्वार बन्द हो गया और वे दोनों बाहर प्रतीक्षा करने लगे।

जेल के खुले आंगन में भी खेतों से आने वाली सुरभित वसन्ती वायु भर रही थी किन्तु गलियारे में हवा टाइफाइड के कीटाणुओं तथा नाली की बदबू से भरी थी और प्रत्येक नवागन्तुक को विषण्ण कर देती थी।

जेलर ने कहा, "मस्लोवा, जल्दी करो।" थोड़ी ही देर में एक तरुणी बाहर आकर जेलर के पास खड़ी हो गई। वह नाटे कद की, पुष्ट-स्तनी नारी थी, भूरा लबादा और सफेद कुर्ती तथा चुन्नी पहने हुए थी; पांव में मोज़े और जेल के जूते। सिर पर सफेद रूमाल, जिसके बाहर अलकों की लटें इधर-उधर निकलीं। चेहरे पर बहुत दिनों से कमरे में बन्द रहने के कारण पीलापन। काली प्रकाशपूर्ण आंखें, एक कुछ तिरछी।

मस्लोवा को लिए हुए जेलर आफिस में आया जहां दो सिपाही उसे अदालत ले जाने के लिए इन्तज़ार कर रहे थे। आफिस के बाबू ने एक सिपाही को तमाखू की बदबू से भरा एक कागज़ देकर कहा, "ले जाओ।"

रास्ते में जाते हुए इन लोगों की ओर सबका ध्यान आकर्षित होता था। मस्लोवा इससे खुश थी कि सब लोग उसकी ओर आकर्षित हो रहे हैं। शुद्ध वसन्ती वायु ने भी उसे आह्लाद से भर दिया किन्तु आदत न होने के कारण ऊबड़-खाबड़ पत्थरों पर चलने में उसे तकलीफ हो रही थी। वे लोग एक अन्न-विक्रेता की दुकान के सामने से गुज़रे। वहां कबूतरों का झुण्ड बड़े आनन्द से दाने चुग रहा था। बन्दिनी के पांव एक से छू-से गए, वह उड़ा और फड़फड़ाता हुआ उसके कान के पास से निकल गया। मस्लोवा मुस्करा पड़ी, फिर अपनी हालत पर ध्यान देकर उसने एक गहरी सांस ली।

बन्दिनी मस्लोवा की जीवन-कथा बहुत सामान्य है। मस्लोवा की मां एक बेगार गुलाम की अविवाहिता कन्या थी और दो भूस्वामिनी अविवाहिता बहनों की दुग्धशाला (डेयरी) में नौकर थी। इस अविवाहिता औरत को हर साल बच्चा होता था और जैसा कि हमारे देश (रूस) के गांवों में प्रायः देखा जाता है, मां द्वारा उपेक्षा होने के कारण कुछ समय बाद वह मर जाता था। मां उपेक्षा इसलिए करती थी कि बच्चे के कारण उसके काम में बाधा पड़ती थी।

इस तरह पांच बच्चे मर चुके थे। उन सबका धार्मिक संस्कार हुआ था किन्तु वे अधभूखे रहते-रहते मर गए। छठे बच्चे की, जिसका पिता एक जिप्सी बंजारा था, भी यही हालत होती परन्तु एक दिन मालकिन दुग्धशाला में नौकरानियों को डांटने के लिए आई कि जो क्रीम (मलाई) उन्हें भेजी गई थी उसमें कुछ बदबू आ रही थी। उस समय यह औरत ओसारे में अपने बच्चे के साथ लेटी हुई थी। सुन्दर बच्ची को देखकर मालकिन का जी भर आया, उसने इस शिशु-कन्या के पालन की ज़िम्मेदारी अपने ऊपर ले ली; उसने मां को कुछ रकम दे दी और बच्ची के दूध की व्यवस्था कर दी। इसलिए वह नन्ही बच्ची जी गई। जब वह बच्ची तीन साल की हुई, मां मर गई। अविवाहिता स्वामिनियों ने उसे ले लिया। काली आंखोंवाली यह लड़की बड़ी होकर बड़ी सुन्दर निकली। वह बड़ी चंचल थी; उससे मालकिनों का मन बहला रहता था। दोनों मालकिनों में छोटी बहिन सोफिया इव्नोव्ना, जिसने उसका पालन किया था, उसे बहुत चाहती थी; बड़ी बहन मेरिया का व्यवहार कठोर था। सोफिया लड़की को अच्छे-अच्छे कपड़े पहनाती, पढ़ाती-लिखाती जिससे वह आगे चलकर एक भद्र महिला बन सके परन्तु मेरिया उसे एक कार्यचतुर दासी बनाने की सोचती और उससे सख्ती से पेश आती थी। वह उससे खूब काम लेती, उसे दण्ड भी देती थी। नतीजा यह हुआ कि लड़की कतूशा आधी महिला और आधी नौकरानी की भांति पली। वह कपड़े सीती, कमरों की सफाई करती, प्रतिमाओं को रंगती तथा दूसरे अनेक काम करती। जब काम से फुरसत मिलती तब वह गृह-स्वामिनियों को पढ़कर कुछ सुनाती थी। इन लोगों के साथ उसका जीवन आराम से बीत रहा था। इसलिए विवाह के कई प्रस्ताव उसने ठुकरा दिए; उसे भय होने लगा था कि किसी मज़दूर के साथ विवाहित जीवन बिताना उसके लिए कठिन होगा। धीरे-धीरे वह सोलह साल की हो गई।

मालकिनों का एक भांजा यूनिवर्सिटी में पढ़ता था। यह तरुण उच्चवंश का, वैभवसम्पन्न प्रिंस था। एक बार वह अपनी मौसियों के पास आकर कुछ दिन रहा। उस समय कतूशा उसे प्रेम करने लगी। चार साल बाद वह तरुण शिक्षा समाप्त करके, सेना में नियुक्त हो गया और अपने काम पर जाते समय फिर मौसियों के पास आकर चार दिन रहा। अन्तिम रात में कतूशा उसके जाल में फंस गई। वह उसे एक सौ रूबल (रूसी सिक्का, जो रुपये से कुछ अधिक मूल्य का होता है) देकर

चला गया। पांच महीने बाद कतूशा अच्छी तरह समझ गई कि वह गर्भवती है।

अब हर चीज़ से उसे अरुचि हो गई। बस एक ही चिन्ता उसपर सवार हो गई कि अपनी लाज कैसे बचाई जा सकती है। उसने वहां का काम छोड़ दिया और एक पुलिस अफसर के घर सेविका का काम कर लिया। पर वहां भी तीन महीने ही रह सकी क्योंकि पचास साल का होने पर भी वह उससे छेड़छाड़ करने लगा। उसका प्रसव-काल निकट था। इसलिए कहीं काम न खोंज, वह एक देहाती दाई के घर चली गई। प्रसव में कोई कठिनाई नहीं हुई, किन्तु छुतहे रोग से बच्चे की मृत्यु हो गई। जब कतूशा दाई के यहां से मुक्त हुई उसके पास एक सौ सत्ताईस रूबल में से केवल छः रूबल बच गए थे। इसलिए उसे नौकरी खोजनी पड़ी। जंगल-विभाग के एक कर्मचारी के यहां उसे नौकरी तो मिल गई किन्तु यहां भी दुर्भाग्य ने पीछा न छोड़ा। वह आदमी यद्यपि विवाहित था, किन्तु कतूशा को छेड़ने से बाज़ नहीं आता था। कतूशा दूर-दूर रहती थी पर उससे कब तक बच सकती थी। एक दिन उसकी स्त्री ने दोनों को एक कमरे में अकेला पाकर कतूशा की खूब मरम्मत की, कतूशा ने भी हाथ चला दिया। फलतः वह निकाल दी गई और उसे तनख्वाह भी नहीं मिली। कतूशा ने बेरोज़गारों के दफ्तर के ज़रिये एक महिला के यहां नौकरी कर ली। यहां भी महिला का एक लड़का जो मुछन्दर हो रहा था और पढ़ना-लिखना छोड़ दिया था उसके पीछे पड़ गया। महिला ने उलटे कतूशा पर दोष लगाकर उसे नौकरी से अलग कर दिया।

कतूशा किसी नौकरी की तलाश में फिर रोज़गार दिलानेवाले दफ्तर में गई। वहां उसे गहने पहने एक औरत मिल गई जिसने उसे अपने घर बुलाया। उसने कतूशा की बड़ी खातिर की,उसे खाना खिलाया, शराब पिलाई। शाम को एक लम्बे कद का आदमी, जिसके सिर और दाढ़ी के बाल सफेद हो चुके थे, कतूशा के पास आया और उसे घूरने और मुस्कराने लगा। औरत ने कतूशा को अलग बुलाकर कहा कि यह आदमी एक लेखक और बड़े पैसेवाला है; यदि इसने पसन्द कर लिया तो फिर तुम्हें किसी चीज़ की कमी न रहेगी।' कतूशा का उपभोग करने के बाद उसने उसे पच्चीस रूबल दिए और आगे भी बराबर आते रहने का वचन दिया। कुछ दिनों के बाद उसने कतूशा को अपने पास बुला लिया और फिर पच्चीस रूबल दिए, और रहने के लिए अलग कमरा

भी दे दिया। वहां रहते हुए वह उसी मकान में रहनेवाले एक क्लर्क पर मोहित हो गई और लेखक को छोड़ उसके पास रहने लगी। कुछ दिनों बाद क्लर्क उसे छोड़कर चला गया। वह उस मकान में अकेली रह गई किन्तु पुलिस ने उसे सूचना दी कि ऐसा करने के लिए उसे लाइसेंस लेना पड़ेगा और बीच-बीच में अधिकारियों द्वारा जांच करानी पड़ेगी। विवश होकर वह काकी के यहां चली गई।

कतूशा कुछ समय से सिगरेट और शराब पीने लगी थी। शराब वह किसी स्वाद के लिए नहीं, अपना कष्ट और लज्जा भूलने के लिए पीती थी। पीने से वह अधिक स्वच्छन्द हो जाती थी; न पीने पर वह दुःख और लज्जा का अनुभव करती थी। इन्हीं दिनों उसका परिचय एक कुटनी से हो गया। वह उसे खूब खिलाती-पिलाती। धीरे-धीरे उसने बताया कि वह एक बड़े चकले में उसे स्थान दिला सकती है जहां वह बड़े आराम से रहेगी। कतूशा के सामने दो ही रास्ते थे—या तो नौकरी करे और गुप्त रूप से सम्भोग द्वारा लोगों को तृप्त करे या फिर विधि-सम्मत वेश्या का जीवन व्यतीत करे। उसने दूसरा रास्ता ग्रहण किया। उसके मन में प्रतिहिंसा की यह भावना थी कि इस तरह वह अपने को धोखा देनेवाले प्रिंस तथा क्लर्क से बदला ले सकेगी। उसे यह भी लालच दिया गया कि वह अपनी इच्छानुसार अच्छी से अच्छी पोशाक पहन सकेगी। सुन्दर, बहुमूल्य और आकर्षक पोशाक में अपने को सजी देखने की कल्पना ने उसे इस निर्णय की ओर प्रेरित किया। उसने स्वीकृति दे दी और कैरोलिना अलबर्तोवना कितेवा के चकले में पहुंचा दी गई।

उस दिन से मानवीय एवं दैवी नियमों के विरुद्ध उसका निरन्तर पाप का जीवन शुरू हुआ—वह जीवन जो लाखों स्त्रियां व्यतीत करती हैं और जिसे सरकार न केवल सहन करती है वरन् जिसे उसने विधिसम्मत बना दिया है—एक ऐसी सरकार ने जो अपने नागरिकों के कल्याण का दावा करती है—ऐसा जीवन जिसे बितानेवाली दस में नौ स्त्रियां दर्दनाक बीमारियों, असामयिक अपंगुता और मृत्यु का शिकार हो जाती हैं।

रात-भर के कोलाहल के बाद गहरी नींद आती है जो प्रभात को लांघकर तीसरे पहर तक चलती है। तीन बजे गन्दे बिस्तर पर थकान-भरा जागरण आता है, फिर हाजमे के लिए कोई दवा या काफी, फिर कमरों में चहलकदमी, रात के कपड़ों में ही चिकदार खिड़कियों से ताक-

झांक, दूसरी लड़कियों से झों-झों। फिर स्नान, तैल सेवन, सुगन्धि-लेपन, शृंगार, मालकिन से राय, फिर दर्पण में अपना रूप निहारना, चेहरे और भावों का मेकअप, फिर मृदु चर्बीला भोजन; फिर अंगों को प्रदर्शित करनेवाला रेशमी परिधान और सुप्रकाशित सज्जित कक्ष में पदार्पण। अतिथियों का आगमन; गान, नृत्य, मिष्टान्न, मदिरा, तम्बाकू-सेवन; तरुण, अधेड़,वृद्ध, मृतप्राय, अविवाहित,विवाहित,व्यापारी,क्लर्क,आर्यनी, यहूदी, तातारी–धनी-निर्धन, स्वस्थ-अस्वस्थ, उन्मत्त-शान्त, जानवर-वीर, सैनिक-असैनिक, छात्र, तरुण, कुमार सब प्रकार की स्थिति,वय और चरित्र के लोगों के साथ प्रेमाभिनय? मज़ाक, खिलखिलाहट, लड़ाई-झगड़े, मार-पीट। कभी गान, कभी तम्बाकू और मदिरा, फिर मदिरा और तम्बाकू, फिर शाम से सुबह तक गाना-बजाना। फिर सुबह थोड़ी फुर्सत और गहरी नींद। बराबर हफ्ते-भर यही सिलसिला चलता है। सप्ताह के अन्त में सरकारी कार्यालय में जाना पड़ता है, जहां उनकी परीक्षा के लिए डाक्टर रखे गए हैं। ये कभी गम्भीरता और सख्ती से पेश आते हैं, कभी हंसी-मज़ाक से और अपराध की रोक के लिए प्राणियों में अपना दोष अनुभव करने की जो भावना प्रकृति ने दे रखी है उसे दूर भगा देते हैं। वे इन लड़कियों को अपना अपराधपूर्ण जीवन जारी रखने की अनुमति देते हैं। फिर वही क्रम सप्ताह-भर चलता है।

कतूशा मस्लोवा ने इस प्रकार का जीवन लगातार सात साल तक बिताया। इस अवधि में उसने दो बार अपना चकला बदला और एक बार अस्पताल भी हो आई। इस जीवन के सातवें वर्ष में, जब वह छब्बीस साल की थी, वह घटना हो गई जिसके कारण वह इस समय जेल में बन्द है और तीन महीने तक चोरों-हत्यारों के साथ बन्द रहने के बाद वहां से मुकदमे के लिए अदालत में ले जाई गई है।

जिस समय लम्बे रास्ते को तय करने के कारण थकी हुई मस्लोवा सिपाहियों के पहरे में अदालत पहुंची, प्रिंस दिमित्री इवानोविच नेख्लु-दोव, जिसने फुसलाकर उसका शील भंग किया था और फिर छोड़कर चला गया था, अपने शयनागार में धवल परिधान पहने शय्या पर पड़ा सिगरेट पी रहा था और सोच रहा था कि उसे आज क्या करना है। उसे याद आया कि संध्या उसने धनी एवं अभिजात कोर्चगिन परिवार में बिताई थी, जिसकी सुन्दरी कन्या से उसके विवाह की आशा सभी लोग लगाए हुए थे। उसने अधूरी सिगरेट फेंक दी, फिर दूसरी उठाते-उठाते

विचार बदल दिया, ज़ोर लगाकर उठ खड़ा हुआ, रेशमी ड्रेसिंग गाउन कन्धे पर डाला और सुवासित परिधान-कक्ष में चला गया। वहां दांत साफ किए, सुवासित साबुन से हाथ-मुंह धोया, फिर बगल के स्नानागार में चला गया और फव्वारा खोलकर खूब अच्छी तरह स्नान किया। स्नान के बाद सज-धजकर भोजनागार में चला गया। इसी समय गृहरक्षिका अग्रफेना पेत्रोवना ने, जो बहुत समय से उसकी स्वर्गीय मां की सेविका थी, लाकर एक पत्र दिया। यह पत्र तरुणी कुमारी कोर्चगिना का था और एक नौकर लेकर आया था। इस पत्र में उसे याद दिलाया गया था कि "अट्ठाईस अप्रैल होने के कारण तुम्हें आज अदालत जाना है इसलिए शायद तुम हम लोगों के साथ चित्रशाला न चल सकोगे, जब तक कि तुम अदालत से अनुपस्थिति के लिए तीन सौ रूबल दण्डस्वरूप देने को तैयार न हो। कल रात जब तुम चले गए तब मुझे यह ख्याल आया। मां कहती है कि तुम्हारा रात्रि का भोजन यहां तैयार रहेगा, चाहे जितनी देर हो, तुम आना।"

पत्र पढ़कर नेख्लुदोव के माथे पर बल पड़ गए। उसने सोचा कि राजकुमारी दो महीने से मुझे अपनी गिरफ्त में लेने के लिए जो जाल रचती रही है, यह पत्र भी उसीका हिस्सा है। एक तो वे पुरुष जिनका यौवन बीत चुका है योंही विवाह से हिचकिचाते हैं, फिर नेख्लुदोव के लिए तो इच्छा करने पर भी विवाह का प्रस्ताव तुरन्त न करने का एक कारण था। मस्लोवा को धोखा देने की बात को दस साल हो गए थे और उसे वह बिल्कुल भूल चुका था, बाधा का वह कारण न था। असल बात यह थी कि कुछ दिन पहले एक विवाहिता स्त्री से उसका अवैध सम्बन्ध हो गया था। घटना यों हुई कि नेख्लुदोव औरतों के बीच झेंपू था; उसके इस शर्मीले स्वभाव ने ही उस विवाहिता स्त्री के मन में यह अदम्य इच्छा उत्पन्न कर दी कि इसे अपने अधीन करना चाहिए। उसने धीरे-धीरे घनिष्ठता पैदा की, नेख्लुदोव उसके जाल में फंसता गया। एक बार प्रलोभन में फंस जाने पर नेख्लुदोव को अपने अपराध का ज्ञान हुआ और इतनी हिम्मत न रही कि बिना स्त्री की सहमति के सम्बन्ध तोड़ दे। इसलिए वह उस स्त्री के भयवश, इच्छा होने पर भी, कुमारी कोर्चगिन से विवाह का प्रस्ताव न कर सकता था। उस स्त्री का पति सामन्तों का क्षेत्रीय नायक था और ज़ार अलेक्जेंद्र तृतीय के विरुद्ध प्रतिक्रियावादी तत्त्वों को कुचलने में इतना तल्लीन था कि इस पारिवारिक दुर्भाग्य की उसे कोई खबर न थी। नेख्लुदोव को उसके पति का

बड़ा भय था, परन्तु औरत उसे छोड़ती न थी। एक बार तो इसी बात पर वह तालाब में डूबने चली गई थी। इसलिए नेख्लुदोव ने निश्चय किया कि एक सप्ताह पूर्व उस औरत को सम्बन्ध विच्छेद की प्रार्थना के साथ जो पत्र उसने लिखा था, जब तक उसका अनुकूल उत्तर नहीं आ जाता तब तक वह कोर्चगिन परिवार से दूर ही रहेगा।

पत्रों में एक उसकी ज़मींदारी के व्यवस्थापक का भी था, जिसमें उससे वहां शीघ्र आकर उसकी व्यवस्था कर देने का अनुरोध था क्योंकि मां की मृत्यु के बाद भी पुराना ही ढर्रा चला जा रहा था। व्यवस्थापक की सलाह थी कि 'लगान पर किसानों को दिए गए खेत वापस अपनी जोत में ले लेना अच्छा रहेगा। किसान वक्त पर लगान नहीं देते और बड़े अविश्वसनीय हो गए हैं।' यह पत्र अंशतः नेख्लुदोव के अनुकूल और अंशतः अरुचिकर था। खुशी यह सोचकर होती थी कि इतनी बड़ी जायदाद पर उसका शासन है, अरुचिकर इसलिए कि छात्र-जीवन से ही वह हर्बर्ट स्पेंसर का प्रशंसक था जिसका कथन था कि न्याय निजी भूसम्पत्ति रखने का विरोधी है। नेख्लुदोव ने इस सिद्धान्त के समर्थन में लेख लिखे थे कि भूसम्पत्ति रखना पाप है। पिता से जो छोटी भू-सम्पत्ति उसे मिली थी उसने किसानों में बांट दी थी, परन्तु अब मां की बड़ी जायदाद का वह मालिक था। अब उसे दो में से एक बात चुननी थी—या तो मां की जायदाद को भी वह उसी तरह किसानों में वितरित कर दे या फिर यह स्वीकार कर ले कि उसकी वे पुरानी धारणाएं गलत थीं। पहला रास्ता चुनने में इसलिए बाधा थी कि उसके पास इस ज़मींदारी के अलावा जीविका का दूसरा साधन न था; परन्तु दूसरी बात पर भी उसका दिल न जमता था, क्योंकि स्पेंसर के बाद हेनरी ज्यार्ज ने भी भूसम्पत्ति रखने के अन्याय को उसके आगे स्पष्ट कर दिया था।

काफी पीने के बाद नेख्लुदोव अपने कला-कक्ष में गया जहां चित्राधार पर वह अधूरा चित्र लगा था जिसे वह बना रहा था। सहसा कला के क्षेत्र में आगे बढ़ने की असमर्थता की भावना उसपर छा गई। सात वर्ष पहले उसने सैनिक सेवा से यह सोचकर इस्तीफा दे दिया था कि उसमें कला-क्षेत्र में बढ़ने की प्रतिभा है। किन्तु अब उसे लग रहा था कि मैं इस क्षेत्र में अनधिकारी हूं। सहसा अदालत के समन पर उसका ध्यान गया। उसे ग्यारह बजे अदालत में उपस्थित होना था। उसने तांगा मंग-

वाया और राजकुमारी के यहां कहला दिया कि निमन्त्रण में आने की कोशिश करेगा।

थोड़ी देर के बाद अपना ओवरकोट लेकर नेख्लुदोव तांगे पर बैठ गया। तांगे पर चलते हुए राजकुमारी से विवाह का प्रश्न उसके दिमाग में घूमने लगा। 'विवाह कर लेने पर, गृह-जीवन के सुख के साथ एक नैतिक जीवन बिताने की भी सम्भावना हो जाएगी। और परिवार उसके रिक्त जीवन को एक उद्देश्य प्रदान करेगा।' फिर विवाह के विरुद्ध उसके मन में वह भय छा गया जो गतयौवन कुमारों में प्रायः पाया जाता है—अपनी स्वतन्त्रता के नष्ट होने का भय और रूपमयी नारी का आतंक।

'मिसी (राजकुमारी का नाम तो मेरी था, किन्तु प्यार से घर के लोग उसे मिसी कहते थे) से विवाह में लाभ यह है कि वह एक अच्छे वंश की कन्या है और उसके बोलने, चलने,हंसने सबमें अपनी एक अभिजात विशेषता है; फिर वह मुझे औरों से ज़्यादा चाहती है, इसलिए मुझे समझती भी है और मेरे गुणों का सम्मान करती है। मिसी से विवाह के विरुद्ध सोचें तो खोजने पर उससे अच्छी लड़की मिल सकती है। वह सत्ताईस साल की हो चुकी है और मेरे प्रति उसका आकर्षण पहला नहीं होगा।' अतीत में उसने किसीको प्यार किया होगा, यह भावना उसके लिए दुःखद थी, क्योंकि इससे उसके अहं को चोट लगती थी। अन्त में उसने निश्चय किया कि विवाहिता मेरी वेसीलीवना का उत्तर आ जाने पर ही वह कोई निर्णय करेगा।

अदालत के बरामदों में बड़ी चहल-पहल थी। चपरासी फाइलें, कागज़-पत्र, सन्देश लिए इधर से उधर, उधर से इधर जा रहे थे। नेख्लुदोव जूरियों में से एक था। पूछकर वह अपनी अदालत की ओर गया। दरवाजे पर और भी कई जूरर खड़े थे। अन्दर जूरी के कमरे में जाने पर उसने देखा कि उस छोटे कमरे में भी लगभग दस आदमी हैं; कुछ खड़े थे, कुछ बैठे थे, कुछ चहलकदमी कर रहे थे। वे एक-दूसरे का परिचय प्राप्त कर रहे थे। कई लोग नेख्लुदोव से भी परिचित होने के लिए आ गए।

जूरी में उसे एक परिचित चेहरा दिखाई पड़ा—उसकी बहन के बच्चों के भूतपूर्व शिक्षक 'पीतर' का। उसने नेख्लुदोव को देखते ही कहा, "अरे, तुम इसमें कैसे आ फंसे? इससे निकलने की कोई तरकीब

नहीं निकाली!" फिर खिलखिलाकर हंस पड़ा।

नेख्लुदोव ने सोचा—यह आगे कुछ और भोंड़ा मज़ाक करेगा इसलिए ऐसा मुंह बनाकर आगे बढ़ गया जैसे उसने अपने सब सम्बन्धियों की मौत की खबर सुनी हो।

न्यायालय के अध्यक्ष काफी पहले से आ गए थे। वे एक लम्बे और बलिष्ठ व्यक्ति थे। विवाहित होने पर भी उनका जीवन बड़ा असंयमित था। उनकी पत्नी भी उन्हीं जैसी थी। इसलिए दोनों एक-दूसरे के रास्ते में नहीं आते थे। अध्यक्ष को आज ही सुबह एक स्विस लड़की क्लारा का, जो उनके यहां पहले परिचारिका रह चुकी थी और जिससे अपनी जमींदारी के घर में पिछली गर्मियों में उनका रोमांस शुरू हुआ था; और जो इस समय सेंट पीटर्सबर्ग जा रही थी, पत्र मिला था, जिसमें तीन बजे से छः बजे के बीच होतेल इतालिया में उसने उन्हें मिलने बुलाया था। इसलिए वे चाहते थे कि मुकदमा जल्द से जल्द समाप्त हो।

थोड़ी देर में न्याय-समिति के एक दूसरे सदस्य ने कमरे में प्रवेश किया। वह सुनहरा चश्मा पहने था। उसके चेहरे पर खीझ थी। यह सदस्य बड़ा नियमबद्ध था। सुबह उसकी स्त्री ने मासिक व्यय की रकम खर्च हो जाने पर कुछ और रकम मांगी, जिसपर दोनों में चखचख हो गई थी। स्त्री ने कह दिया था, कि यदि वह ऐसा व्यवहार करेगा तो वह खाना ही नहीं बचाएगी। इतना सुनकर वह घर से चला आया था, क्योंकि उसे भय था कि वह कुछ भी कर सकती है। वह मुस्कराते, स्वस्थ और प्रसन्न अध्यक्ष की ओर देखते हुए मन में सोच रहा था कि 'अच्छे सदाचारपूर्ण जीवन बिताने का यह फल है! इसे देखो, सदा सन्तुष्ट, सदा खुश रहता है, जब कि मैं दुःख भोगता हूं।'

सेक्रेटरी ने आकर बताया कि आज ज़हरवाला केस होगा। अध्यक्ष ने पूछा, "क्या मैथ्यू निकतिश आ गए?" सेक्रेटरी ने कहा, "अभी नहीं।" "और ब्रीवी?" सेक्रेटरी ने बताया, "वे आ गए हैं।" अध्यक्ष ने कहा, "तो उनसे कहो कि हम आज ज़हरवाला केस लेंगे।" ब्रीवी लोक-अभियोजक (पब्लिक प्रासीक्यूटर) थे। सेक्रेटरी ने जाकर ब्रीवी से कहा, "मिखेल पेत्रोविच (अध्यक्ष) पूछते हैं कि क्या आप तैयार हैं? पहले ज़हरवाला केस लिया जाएगा।"

"बहुत अच्छा।" ब्रीवी ने कहने को तो कह दिया किन्तु भीतर से

वह वैसा अनुभव नहीं करता था। रात उसने किसी होटल में एक दोस्त के साथ ताश खेलने और शराब पीने में गुज़ारी। फिर वे उसी चकले में गए जहां छः मास पहले मस्लोवा रह चुकी थी। उसे ज़हरवाले केस का अध्ययन करने का समय ही नहीं मिला था। इसलिए वह कागज़ों पर एक नज़र डालने के लिए अपने निजी कक्ष में चला गया।

आखिरकार मैथ्यू निकतिश भी आ ही गए। अदालत लग गई। जूरर बैठ गए। अध्यक्ष और न्याय-समिति के दोनों सदस्य कुर्सियों पर अपनी शानदार वर्दियां पहनकर बैठ गए। उनके स्वर्ण-रंजित कालर बड़े प्रभावोत्पादक थे। चारों ओर एक आतंक छा गया और अपनी गौरव-पूर्ण मर्यादा की अनुभूति स्वयं अध्यक्ष और सदस्यों को होने लगी।

लोक-अभियोजक ने अपना स्थान एक ओर,खिड़की के सामने, ग्रहण किया और सामने के टेबुल पर पड़े कागज़ात पर निगाह दौड़ाने लगे। वे अभी कुछ दिनों से ही लोक-अभियोजक हुए थे और बड़े महत्त्वा-कांक्षी थे, और जल्द से जल्द उन्नति करने की दृष्टि से उन्होंने निश्चय-सा कर रखा था कि जिस भी मामले को उठाएंगे उसमें सज़ा कराके छोड़ेंगे।

अध्यक्ष ने पेशकार से चन्द सवाल किए और अभियुक्तों को हाज़िर करने का आदेश दिया। तुरन्त रेलिंग के पीछे का दरवाज़ा खुल गया। आगे-आगे नंगी तलवारें लिए दो सिपाही और उनके पीछे कैदी—एक मर्द, दो औरतें। मर्द जेल का एक लबादा पहने था जो उसके लिए बहुत बड़ा प्रतीत होता था, हाथ दोनों ओर लटक रहे थे, आस्तीन हथेलियों पर आ गई थी। बिना देखे वह बेंच के एक छोर पर जाकर बैठ गया। उसके पीछे जो औरत थी वह भी जेल के कपड़े पहने थी। उसका रंग पीला था, आंखें बेतरह लाल थीं। वह बिल्कुल शान्त थी। वह आदमी के पास ही बेंच पर बैठ गई।

तीसरी थी—मस्लोवा। ज्योंहीं वह सामने आई, अदालत में उपस्थित सभीकी आंखें उसकी ओर फिर गई। सब टकटकी लगाए उसके उज्ज्वल मुख, उसकी चमकती ज्योतिपूर्ण आंखें और जेल के परिधान से ढकी उसकी छाती का प्रश्वासित उतार-चढ़ाव देखने लगे। बेंच पर बैठने के लिए जब वह आगे बढ़ी तो सिपाहियों की आंखें भी उसपर गड़ गईं।

अध्यक्ष के इशारे पर अदालत की कार्यवाही शुरू हुई। पहले जूररों की हाज़िरी ली गई, जो अनुपस्थित थे उनपर जुर्माने की रकम का निश्चय हुआ। फिर पादरी ने जूररों को धर्म की शपथ दिलाई। जब सब जूरर शपथ ले चुके तो अध्यक्ष ने उन्हें अपना एक नेता चुनने को कहा। जूरर अपने कमरे में चले गए और उन्होंने एक प्रभावशाली और सम्मानित-से दीख पड़नेवाले आदमी को नेता चुन लिया। फिर वे आकर अदालत के कमरे में अपने-अपने स्थान पर बैठ गए।

अब अध्यक्ष ने उनके अधिकारों और ज़िम्मेदारियों पर एक वक्तृता दी और बताया कि उनका कर्तव्य है कि वे मिथ्या दृष्टि से नहीं न्याय-पूर्वक निर्णय करें।

अपनी वक्तृता समाप्त कर अध्यक्ष पुरुष बन्दी की ओर घूमकर बोले,, "साइमन कार्तिकिन! खड़े हो जाओ।" साइमन घबड़ाकर खड़ा हो गया

"तुम्हारा नाम?"

"साइमन पेत्रोव कार्तिकिन।"

"वर्ग?"

"किसान।"

"प्रान्त और ज़िला?"

"तूला प्रान्त,क्रापिविंसिका ज़िला, कौपियानोव्सकी परगना, बोरकी गांव।"

"तुम्हारी उम्र?"

"चौंतीस।"

"धर्म।"

"सनातन रूसी धर्म।"

"विवाहित हो?"

"नहीं हुज़ूर।"

"पेशा?"

"होतेल मोरीतानिया में दरबान था।"

"पहले कभी तुमपर मुकदमा नहीं चला?"

"ईश्वर न करे, कभी नहीं।"

"बैठ जाओ। यूफेमिया आइनोव्ना बचकोवा!"

बचकोवा खड़ी हुई। उसकी ओर देखे बिना अध्यक्ष ने यही सब

सवाल उससे भी किए। उसने अपनी उम्र तैंतालीस साल बताई। वह भी मोरीतानिया होटल में नौकर थी और पहले कभी किसी मुकदमे में नहीं फंसी थी।

अब अध्यक्ष ने बड़े आदर के साथ मस्लोवा से पूछा, "तुम्हारा नाम?" और उसे बैठी देखकर कहा, "तुम्हें खड़ा होना होगा।" मस्लोवा उठकर खड़ी हो गई। उसका सीना आगे की ओर उभरा हुआ था। हंसती काली आंखों से उसने अध्यक्ष की ओर विचित्र भाव से देखा—मानो कह रही हो कि मैं तैयार हूं।

नेख्लुदोव चशमा लगाए उसकी ओर देख रहा था। उसने मन में कहा, 'नहीं ऐसा नहीं हो सकता।' फिर भी उसे निश्चय था कि यह वही लड़की है—वही कतूशा, जिसको वह कभी सचमुच प्यार करता था। परन्तु जिसे उसने फुसलाकर नष्ट किया, त्याग दिया और फिर कभी उसका नाम नहीं लिया। यह स्मृति उसके लिए बड़ी दुःखदायिनी थी, क्योंकि उसे अपनी ईमानदारी पर बड़ा गर्व था—उसे, जिसने कि इस लड़की के साथ ऐसा नीच, घृणित व्यवहार किया है।

फिर भी वह सामने बैठी है। उसने उसके मुख पर वह अद्भुत-अवर्णनीय व्यक्तित्व उभरा देखा जो एक मुंह को दूसरों से अलग करता है; कुछ ऐसी चीज़—जो केवल उसी की है और अन्यत्र नहीं मिल सकती। अस्वास्थ्यकर पीलेपन और चेहरे के फुलाव के बावजूद यह मृदु, विशिष्ट व्यक्तित्व वहां मौजूद था—वह होंठों पर था, उसकी किंचित् तिरछी नज़रों में था, वाणी में था और विशेषतः सरल मुस्कान तथा उसके समस्त अस्तित्व में व्याप्त तत्परता की अभिव्यक्ति में था।

अध्यक्ष ने पूछा, "तुम्हारा पितृ नाम?"

"मैं अवैध सन्तति हूं।"

"पारिवारिक नाम?"

"लोग मुझे मेरी मां के मस्लोवा नाम से पुकारते थे।"

"पेशा क्या है?"

मस्लोवा चुप रहीं।

"तुम्हारी नौकरी क्या थी?"

"आप स्वयं जानते हैं।" उसने मुस्कराते हुए कहा।

उसके मुख की अभिव्यक्ति में कुछ ऐसी बात थी, उसकी मुस्कान और शब्दों में तथा कमरे में नज़र डालने के उसके ढंग में ऐसा भयानक और करुण अर्थ निहित था कि अध्यक्ष सकपका गए, और कुछ देर के

लिए अदालत में नीरवता छा गई।

"अच्छा, बैठ जाओ।" अध्यक्ष ने कहा। वह एक भद्र महिला की भांति अपने स्कर्ट को संभालकर बैठ गई। उसकी आंखें अध्यक्ष पर लगी रहीं। उसका मुख फिर शान्त हो गया। सेक्रेटरी ने अभियोग-पत्र पढ़ना शुरू किया। जज लोग अपनी कुर्सियों पर कभी एक ओर, कभी दूसरी ओर, कभी पीछे झुक-झुककर सुनने लगे। कभी वे आंखें बन्द करते, कभी खोलते। नेख्लुदोव अगली पंक्ति में ऊंची कुर्सी पर चश्मा लगाए बैठा मस्लोवा को देख रहा था और उसके हृदय में जटिल, भयानक द्वन्द्व छिड़ा हुआ था।

अभियोग-पत्र का सारांश यह है : 17 जनवरी को होतेल मोरीतानिया में कुर्गिन के व्यापारी स्मेलकोव की सहसा मृत्यु हो गई। पुलिस डाक्टर ने रिपोर्ट दी कि अत्यधिक मद्यपान के कारण हृदय की शिराओं के फट जाने से मृत्यु हुई है। शव दफना दिया गया। किन्तु कई दिनों बाद मृतक के एक मित्र तिमोखिन की शिकायत पर कि उसे विष दिए जाने का सन्देह है, शव फिर से कब्र से निकाला गया और परीक्षा पर सन्देह की पुष्टि हुई। यह भी मालूम हुआ कि (1) मृत्यु के कुछ समय पहले ही स्मेलकोव को बैंक से तीन हजार आठ सौ रूबल मिले थे। किन्तु मृत्यु के बाद की तलाशी में उसके पास से कुल तीन सौ बारह रूबल, सोलह कोपेक निकले। (2) मृत्यु के पूर्व सारा दिन और रात स्मेलकोव ने मस्लोवा के कक्ष में और उक्त होटल में बिताई थी। स्मेलकोव के अनुरोध पर, उसकी अनुपस्थिति में, वह होटल से उसकी कुछ रकम लेने आई थीं, और होटल के दो सेवकों साइमन और बचकोवा की उपस्थिति में उसके सूटकेस से निकालकर ले भी गई। उस समय सूटकेस में सौ रूबलवाले नोटों के बंडल मौजूद थे। (3) बाद में स्मेलकोव फिर मस्लोवा के साथ अपने होटल लौटा। साइमन की सलाह सेमस्लोवा ने शराब में एक सफेद चूर्ण मिलाकर उसे पिलाया। (4) दूसरे दिन सुबह मस्लोवा ने अपने चकले की मालकिन गवाह कितेवा को हीरे की एक अंगूठी यह कहकर बेची कि उसे स्मेलकोव ने दी है। (5) दूसरे दिन बचकोवा ने बैंक में एक हज़ार आठ सौ रूबल अपने नाम पर जमा किए। मृतक की आंखों की रासायनिक परीक्षा में विष पाया गया। इसलिए यह मानने का कारण है कि उक्त स्मेलकोव की मृत्यु विष के कारण हुई है।

जिरह में तीनों अभियुक्तों ने अपने को निर्दोष घोषित किया। मस्लोवा ने स्वीकार किया कि स्मेलकोव ने चाबी देकर उसे होटल से उसके लिए कुछ रकम ले आने को भेजा था। उसने साइमन और बचकोवा की उपस्थिति में आदेशानुसार केवल चालीस रूबल निकाले थे। उसने यह भी स्वीकार किया कि दूसरी बार स्मेलकोव के साथ होटल लौटने पर साइमन के कहने से उसीके द्वारा दिया हुआ एक सफेद चूर्ण उसने मदिरा में मिलाकर पिलाया था। पर यह इसलिए कि वह छोड़ता न था और वह थक गई थी तथा उससे छुट्टी चाहती थी। पर उसने यह समझकर चूर्ण मिलाया था कि वह नींद की दवा है। नशे में स्मेलकोव ने उसे एक बार पीट दिया था और जब वह रोने और धमकाने लगी कि वह जाती है, तो उसने मनाने के लिए अपनी खुशी से उसे अंगूठी दी थी।

बचकोवा ने कहा कि वह रकम की चोरी के बारे में कुछ नहीं जानती। वह स्मेलकोव के कमरे में गई ही नहीं, इसलिए चोरी की होगी तो मस्लोवा ने ही की होगी। उसने जो रकम बैंक में जमा की वह उसकी और साइमन की बारह वर्ष की कमाई थी; इसी साइमन के साथ उसकी शादी होनेवाली है। साइमन ने पहले तो जिरह में स्वीकार लिया कि तीनों ने धन लेकर बराबर बांट लिया (इसपर मस्लोवा ने कुछ कहना चाहा पर रोक दी गई); उसने मस्लोवा को पाउडर देने की बात भी स्वीकार की, पर दूसरी जिरह में एकदम बदल गया और चोरी करने या पाउडर देने की बात से बिल्कुल इनकार कर गया।

इसके बाद अध्यक्ष ने एक-एक अभियुक्त पर लगाया गया जुर्म बताकर उससे पूछना शुरू किया कि क्या वह अपने जुर्म का इकबाल करता है। साइमन और बचकोवा ने अपने को बिल्कुल निर्दोष बताया। बचकोवा ने तो कहा कि मैं कमरे के पास भी नहीं फटकी, जो कुछ किया होगा इसी चुड़ैल (मस्लोवा) ने किया होगा। मस्लोवा से पूछने पर उसने भी अपने को निरपराध बताया। तब अध्यक्ष ने उसे सारी कथा कह जाने का आदेश दिया। पहले तो वह शर्म से सिर झुकाकर मौन रह गई, परन्तु अध्यक्ष के आग्रह पर उसने कहना शुरू किया, "मैं होटल में गई और मुझे उसका कमरा दिखा दिया गया। जब मैं उसके पास पहुंची वह पहले से ही शराब पीकर उन्मत्त था।" 'वह' शब्द का उच्चारण करते हुए उसकी आंखों में गहरे भय का भाव था। "कुछ देर उसके

पास रहकर मैं अपने स्थान पर लौट आई और सो गई। मुझे सोए थोड़ी ही देर हुई होगी कि मेरे साथ की लड़की बर्था ने मुझे जगाकर कहा, 'उठो, तेरा व्यापारी दोस्त फिर आया है।' वह यहां की लड़कियों की शराब से खातिर कर रहा था एवं और शराब मंगाना चाहता था, पर पास के पैसे खत्म हो चुके थे। इसलिए मुझे उसने अपने कमरे से पैसे लाने को भेजा और बता दिया कि वे कहां रखे हैं। मैं वहां पर गई, पर कमरे में जाते समय मैंने इन दोनों को भी बुला लिया (यहां बचकोवा ने बाधा दी कि यह झूठ बोल रही है। मैं अन्दर गई ही नहीं)। उनकी उपस्थिति में मैंने दस-दस रूबल के चार नोट लिए। ले जाकर उसे दे दिए। थोड़ी देर बाद वह मुझे अपने साथ फिर होटल ले गया। मैं बहुत थक गई थी। हाल में जाकर मैंने साइमन से यही बात कही। उसने कहा कि हम लोग भी उससे बड़े परेशान हैं और उसे नींद की दवा देने की सोच रहे थे। इससे वह सो जाएगा और तुम जा सकोगी। मैं यह सोचकर राज़ी हो गई कि यह निर्दोष चीज़ होगी। ज्योंही मैं उसके कमरे में गई उसने मदिरा मांगी। मैंने उसके और अपने लिए मदिरा दो गिलासों में ढाली और उसके गिलास में नींद की दवा मिला दी। यदि मैं जानती कि वह कुछ दूसरी चीज़ है तो कैसे दे सकती थी?"

"अंगूठी तुम्हें कैसे मिली?"

"जब मैं दूसरी बार उसके कमरे में गई तो मैं शीघ्र लौटना चाहती थी। उसने मेरे सिर प्रहार किया और मेरी कंघी तोड़ दी। मैं क्रुद्ध होकर लौटने लगी, तो उसने अपनी उंगली से अंगूठी निकालकर मुझे दे दी कि मैं न जाऊं। ···मुझे और कुछ कहना नहीं है। आप मेरे साथ चाहे जो करें, परन्तु मैं सर्वथा निर्दोष हूं।" इतना कहकर वह बैठ गई।

इस समय एक जज के पेट में पीड़ा होने के कारण अदालत दस मिनट के लिए उठ गई। नेख्लुदोव जूरी-कक्ष में चला गया और खिड़की के निकट बैठकर विचार करने लगा।

'हां, यह कतूशा ही है।' उसे याद आने लगा कि पहली बार उसने कतूशा को तब देखा था जब यूनिवर्सिटी में तीसरे वर्ष में था और गर्मी की छुट्टियां अपनी मौसियों के साथ उनकी ज़मींदारी में बिताई थीं। इसके पहले वह सदा गर्मी की छुट्टियां अपनी मां और बहन के साथ बिताता था। किन्तु इस साल बहन की शादी हो गई थी और मां स्वास्थ्य-सुधार के लिए विदेश चली गई थी। चूंकि मौसियों के यहां निबन्ध-लेखन के

लिए एकान्त और बाधारहित स्थान सुलभ था, इसलिए वह वहां चला गया। मौसियां भी भांजे को बहुत चाहती थीं। नेख्लुदोव के पिता तो धनी न थे, परन्तु मां को दहेज में दस हज़ार एकड़ भूमि मिली थी। यूनिवर्सिटी में पढ़ते हुए नेख्लुदोव को स्पेंसर की एक पुस्तक पढ़ने को मिली, जिससे उसे भू-स्वामित्व की निर्दयता और अन्याय का विश्वास हो गया। उस समय वह अपने अन्तःकरण की पुकार पर सर्वस्व-त्याग में सर्वोच्च अध्यात्मिक आनन्द का अनुभव करने की मनःस्थिति में था इसलिए निश्चय कर लिया कि वह भूमि पर अधिकार नहीं ग्रहण करेगा। इसी विषय पर वह अपना निबन्ध लिख रहा था।

मौसियों के यहां रहते समय वह बड़ी सुबह उठता था, सूर्योदय के पूर्व ही नदी में जाकर स्नान कर आता था। इसके बाद कभी पढ़ने बैठ जाता, परन्तु ज़्यादातर घूमने निकल जाता; देर तक खेतों एवं जंगलों में फिरा करता। जीवन का रहस्य उसे प्रायः रात में सोने न देता। वह चांदनी रातों में प्रायः घूमा करता, तरह-तरह के विचारों एवं स्वप्नों में खोया रहता। यहां तक कि सुबह हो जाती।

इस तरह पहला महीना बड़े आनन्द एवं शान्ति में बीता। उसकी उम्र उन्नीस साल की थी, परन्तु वह निर्दोष हृदय का था। यदि कभी किसी स्त्री की ओर आकर्षित होता तो वह भी उसीकी ओर, जिसे वह अपनी पत्नी बनाना चाहता। जिससे विवाह न हो सकता हो, ऐसी स्त्री के प्रति वह उदासीन रहता था।

एक दिन और भी कई मेहमान आ गए थे। दौड़ और छू लेने का खेल होने लगा। उसमें कतूशा उसकी सहयोगिनी थी। दौड़ते हुए एक झाड़ी से टकराकर नेख्लुदोव गिर पड़ा तो कतूशा उसके पास आई और हंसती मोहक आंखों से देखते हुए पूछा, "कांटे तो नहीं गड़ गए!" उसने कहा, "नहीं, मुझे झाड़ी का ध्यान ही नहीं था।" कतूशा बहुत पास आ गई थी। उसका हाथ नेख्लुदोव ने अपने हाथ में ले रखा था। फिर न जाने क्या हुआ कि उसने दोनों हाथों से कतूशा को पकड़ा और उसके होठों पर एक मधुर चुम्बन अंकित कर दिया। तभी से दोनों के बीच उस अद्भुत सम्बन्ध का सूत्रपात हुआ जो परस्पर आकर्षित निर्दोष किशोर और लड़की के बीच प्रायः हो जाता है। अब जब भी कतूशा कमरे में आती या नेख्लुदोव दूर से भी उसकी झलक पा जाता तो दुनिया उसके लिए ज्योतिर्मय हो उठती, जैसे सूर्योदय से प्रत्येक वस्तु अधिक रुचिकर, महत्त्वपूर्ण और आनन्ददायक हो जाती है। सम्पूर्ण जीवन

आनन्द से भरा-भरा लगता था। कतूशा को भी यही अनुभव होता था। अकेले मिलने पर बात करना कठिन प्रतीत होता। हां, उनकी आंखें अधिक मुखर हो उठतीं। एकान्त में मिलने में प्रायः उनपर भय छा जाता और वे सहसा दूर हट जाते थे।

यह सब देखकर उसकी मौसियां सहम गई। उन्होंने नेख्लुदोव की मां को पत्र भी लिखा, किन्तु उनका भय निरर्थक था, क्योंकि कतूशा के प्रति नेख्लुदोव का स्नेह बिल्कुल निष्पाप, निर्दोष था। परन्तु मौसियां इसलिए भयभीत थीं कि कतूशा के जन्म एवं वंश-मर्यादा का विचार किए बिना कहीं दिमित्री उससे शादी न कर ले। यूनिवर्सिटी को लौटते समय भी नेख्लुदोव को यह ज्ञान नहीं हुआ कि वह कतूशा के प्रति प्रणयबद्ध है। वह यही समझता था कि जीवन का एक निर्दोष आनन्द दोनों में फूट पड़ा है। परन्तु विदाई के समय मौसियों के साथ खड़ी कतूशा की आंखों में जब आंसू भर आए, तब उसे लगा कि कोई सुन्दर वस्तु, कोई ऐसी कीमती चीज़ उससे आज छूट रही है जो शायद फिर न मिलेगी।

इसके बाद तीन साल तक नेख्लुदोव की भेंट कतूशा से नहीं हुई। जब भेट हुई तो सेना के एक अफसर के रूप में उसकी नियुक्ति हो गई थी और वह अपनी रेजीमेंट में शामिल होने जा रहा था। रास्ते में चन्द दिन गुज़ारने के ख्याल से वह मौसियों के पास आया था। अब वह तीन साल पहलेवाला किशोर न था। तीन साल पहले वह एक ईमानदार, निःस्वार्थ और किसी अच्छे काम के लिए त्याग करने को उद्यत बालक था; अब वह विकृत और स्वार्थी हो गया था और सिर्फ अपने सुख की भावना उसपर हावी हो गई थी। पहले स्त्रियां उसे रहस्यमयी और मोहक लगती थीं, अब स्त्रियां केवल सुखोपभोग के लिए थीं। तब पैसे की आवश्यकता उसे न थी, मां जितना देती थी वह भी पड़ा रह जाता था; अब एक हजार पांच सौ रूबल मासिक की वृत्ति भी उसके लिए पर्याप्त न थी। पहले वह अपने को एक आध्यात्मिक प्राणी समझता था, अब पता चल गया कि वह प्राणपूर्ण पशु है। यह परिवर्तन इसलिए हुआ कि पहले वह अपने में विश्वास रखता था, अब दूसरों के विश्वास पर चलता है। अपने विश्वास को लेकर चलना बड़ा कठिन था, क्योंकि उस हालत में अपनी तृप्ति के लिए आतुर पशु के पक्ष में नहीं, बल्कि उसके विरुद्ध निर्णय करना पड़ता था। दूसरों के विश्वास को लेकर चलना सरल है, क्योंकि इसमें सदा अन्दर के आध्यात्मिक

प्राणी के विरुद्ध पशु के पक्ष में निर्णय करना पड़ता है। जब पहल ईश्वर, सत्य, सम्पदा, दीनता इत्यादि जीवन के गम्भीर विषयों पर बातें करता था तो आसपास के लोग उसे पसन्द नहीं करते थे, अब जब वह नावेल पढ़ता है, दुस्साहसिक कहानियां सुनाता है, फ्रांसीसी नाटक देखने जाता है और हंसी-मज़ाक से चहकता रहता है, हर आदमी उसकी तारीफ करता है। जब वह अपनी आवश्यकताओं को सीमित रखता था, पुराने ओवरकोट से काम चला लेता था, मदिरापान से इनकार करता था, हर आदमी उसे विचित्र और सनकी समझता था। अब जब वह पैसा पानी की तरह खर्च करता है, शिकार खेलता फिरता है, विलास-सामग्री से कमरे सजाता है, हर आदमी उसकी सुरुचि की प्रशंसा करता है।

इसी प्रकार जब नेख्लुदोव ने पिता से उत्तराधिकार में प्राप्त लघु ज़मींदारी इसलिए किसानों को दे दी कि वह निजी रूप में इतनी भू-सम्पत्ति रखना अन्यायपूर्ण समझता था तो उसकी मां और सम्बन्धियों को बड़ी निराशा हुई थी; वे उसकी हंसी उड़ाते थे। अब जब वह साथियों से जुए में बड़ी-बड़ी रकमें हार जाता है, उसकी मां को उतना दुःख नहीं होता। जब वह अपने में विश्वास रखकर सत्कार्य करता था तो सब उसे बुरा कहते थे, बुरी बात को अच्छी और अच्छी को बुरी मानते थे, इसलिए अच्छे-बुरे का यह द्वन्द्व दिन-दिन उसके लिए कठिन होता गया, यहां तक कि अपने विश्वास के अनुसार चलना असम्भव हो गया। पहले अपनी निष्ठा को छोड़ने में उसे दुःख हुआ, पर धीरे-धीरे वह आदी हो गया। इस बार जब आया तो उसे तम्बाकू-सेवन, मदिरा-पान इत्यादि की लत लग चुकी थी और अब किसी बात पर वह ज़्यादा सोच-विचार न करता था। भावप्रवण प्रकृति का होने के कारण अपने नये जीवन को भी उसने बड़े आग्रह से ग्रहण किया और अन्तर्वाणी को एकदम दबा दिया, क्योंकि उसकी मांग कुछ और ही तरह की होती थी।

सामान्यतः सैनिक जीवन मनुष्य को पतित करता है; वह उसे संपूर्ण उपयोगी कार्यों के अभाव में बेकार कर देता है। सामान्य मानवी कर्तव्यों से मुक्त तथा रेजीमेंट, वर्दी और झण्डे की इज़्ज़त के पारम्परिक कार्यों तक ही सीमित कर देता है। एक ओर उसे दूसरे आदमियों पर पूर्ण प्रभुता प्रदान करता तथा दूसरी ओर खुद उसे उच्चपदस्थ अधिकारियों के दासत्वपूर्ण आज्ञा पालन की स्थिति में डाल देता है।

परन्तु जब सम्मान, वर्दी, झण्डे के सम्मानपूर्ण सैनिक जीवन के भ्रष्टकारी प्रभाव के साथ सम्पत्ति तथा राजपरिवार के सदस्यों से

घनिष्ठता का पतनकारी प्रभाव भी मिल जाए (उसकी गार्ड रेजीमेंट के सभी सदस्य धनी तथा अभिजात वर्ग के थे) तब तो उनमें स्वार्थ-भावना का बोलबाला होना स्वाभाविक है। दूसरों द्वारा बनाई और धुली हुई वर्दी पहनकर और दूसरों द्वारा ही पालित और परिपोषित बढ़िया घोड़े पर चढ़कर हाथ में तलवार चमकाने, बन्दूक दागने और दूसरों को भी वैसा ही करने की शिक्षा देने के अलावा उसके पास काम ही क्या था। और जब यह सब हो जाता तो अफसरों के क्लब या सर्वोत्तम जलपानगृहों में बैठकर खाना और शराब पीना, फिर जुए पर लम्बी रकमें बर्बाद करना, फिर थियेटर, नृत्य, स्त्रियां, फिर दुबारा अश्वारोहण, चांदमारी और फिर वही मदिरापान, कार्ड एवं औरतों को लेकर धन का नाश। नेख्लुदोव तुर्कों से युद्ध छिड़ने के बाद ही सेना में शामिल हुआ था। 'चूंकि हम युद्ध में अपना जीवन अर्पित करने को तैयार हैं इसलिए ऐसा उत्फुल्ल, स्वच्छन्द जीवन हमारे लिए क्षम्य है, बल्कि आवश्यक है।' कुछ इस प्रकार के विचार नेख्लुदोव के हो गए थे। ऐसी ही मन:स्थिति में तीन वर्षों बाद वह मौसियों के घर आया था।

मार्च के अन्त में गुडफ्राईडे को वह मौसियों के यहां पहुंचा। रास्ते में वर्षा के कारण वह एकदम भीग गया था। सोफिया मौसी ने उसका स्वागत किया और बताया कि हम अभी गिर्जाघर से आ रहे हैं। मेरिया थक गई है। "अरे तुम तो बिलकुल तर हो रहे हो।" इसी समय दूर कहीं से कतूशा की वाणी सुनाई पड़ी। लगा, जैसे बादलों को फाड़कर सूर्य निकल आया हो।

अपने परिचित कमरे में जाकर उसने भीगे वस्त्र उतार दिए और दूसरे पहने। वह कपड़े पहन ही रहा था कि उसे दरवाज़े पर परिचित प्यारी पगध्वनि और थपकी सुनाई पड़ी। उसने द्वार खोलकर कहा, "आओ।" वही कतूशा थी पर अब पहले से भी अधिक काम्य हो गई थी। सरल काली आंखें पहले की भांति ही देखती थीं। वह मौसी के भेजे साबुन, तौलिया आदि रखकर चली गई।

पहले नेख्लुदोव का इरादा एक ही दिन-रात ठहरने का था, किन्तु कतूशा को देखने के बाद वह ईस्टर तक के लिए रुक गया और जिस मित्र श्वेनबोक से ओद्रेसा में मिलने की बात थी उसे यहीं आने के लिए तार दे दिया। कतूशा को देखते ही उसकी पुरानी भावनाएं जग गईं।

वह उसके श्वेत परिधान को उत्तेजना के बिना देख न सकता था। उसकी पगध्वनि, उसकी वाणी, उसकी हंसी आनन्द की अनुभूति बिना सुन न पाता था। उसकी काली आंखों की ओर विशेषतः जब वह मुस्करा रही होती, देखकर वह द्रवित हुए बिना नहीं रहता था। जब वे मिलते और उसका चेहरा लज्जा से लाल हो जाता तो उसमें खलबली-सी मच जाती थी। अब उसे अनुभव होता था कि वह कतूशा से प्रेम करता है। पर पहले का एक रहस्य जैसा वह प्रेम अब नहीं है, जिसे अपने मन में भी वह स्वीकार न करता था या वह प्रेम जिसे वह समझता था कि जीवन में एक ही बार आता है। अब वह जान गया था कि वह प्रेम करता है और धुंधले तौर पर यह भी समझता था कि उस प्रेम के क्या अर्थ हैं। प्रत्येक मानव की भांति नेख्लुदोव में भी दो प्राणियों का अस्तित्व था: एक आध्यात्मिक, जो अपने लिए वही आनन्द चाहता है जिसमें सबका आनन्द समाविष्ट है; दूसरा पाशविक, जो केवल अपने सुख का ध्यान रखता है। आध्यात्मिक जीव बिल्कुल दब गया था और पाशविक की पूर्ण प्रभुता स्थापित हो गई थी।

एक बार कतूशा को देखते ही तीन साल पुरानी स्मृतियां जग उठीं; आध्यात्मिक जीव पुनः हाथ-पैर फेंकने लगा और दो दिनों तक बराबर उसमें अन्तर्द्वन्द्व चलता रहा। अपनी अन्तरात्मा की गहराई में वह अनुभव कर रहा था कि उसे तुरन्त यहां से चले जाना चाहिए और यहां रहने से कोई कल्याण नहीं होगा। फिर भी सुख की स्पृहा ने उसकी सदिच्छा को दबा दिया। ईस्टर के दिन रात को बड़ी देर तक उत्सव होता रहा। और जब वह सोने जा रहा था उसने सुना कि परिचारिका पावलोव्ना और कतूशा इत्यादि तीन मील दूर के गिर्जाघर में सामूहिक पूजा एवं ईसा के पुनर्जन्मोत्सव में शरीक होने जा रही हैं। उसने भी कपड़े बदले, घोड़ा लिया और उस रात में ऊबड़-खाबड़ रास्ते से गिर्जाघर की ओर चल दिया।

गिर्जाघर खूब सजा था। स्थान-स्थान पर दीप जल रहे थे। गिर्जे में दाहिनी ओर पुरुष, बाईं ओर स्त्रियां थीं। उनके बीच में जो रास्ता था उससे नेख्लुदोव आगे वेदी की ओर बढ़ गया। मंत्रोच्चार हो रहा था। धूप से वातावरण सुवासित था। चारों ओर 'खीष्ट उठ रहे हैं' की पुकार थी। सब कुछ सुन्दर था, परन्तु सबसे सुन्दर थी कतूशा— अपने धवल परिधान, अपने नीले दुपट्टे, लाल रिबन तथा हंसती हुई

आंखों के साथ।

इस समय गिर्जे का क्लर्क किसी काम से बाहर जाते हुए इन लोगों के पास से गुज़रा और नेख्लुदोव को बचाने के लिए उसने कतूशा को एक ओर कर दिया। नेख्लुदोव को यह बात अजीब लगी। उसके मन में इस बात पर खीझ हुई कि क्लर्क क्यों नहीं समझता कि यहां जो कुछ है, सब कतूशा के लिए है। ये दीपक उसीके लिए जल रहे हैं, ये गान उसीके लिए गाए जा रहे हैं, संसार में जो कुछ श्रेष्ठ है सब उसी के लिए है, इसलिए उसकी ओर पहले ध्यान देना चाहिए था। उसे लगा कि मानो कतूशा भी जानती है कि यह सब उसीके लिए है। उसने यह भी अनुभव किया कि जो संगीत उसकी आत्मा में गूंज रहा है वही उसकी आत्मा में भी गूंजता है।

नेख्लुदोव समारोह की समाप्ति के कुछ पूर्व ही बाहर निकलकर खड़ा हो गया और कतूशा के आगमन की प्रतीक्षा करने लगा। थोड़ी देर बाद भीड़ के साथ कतूशा आई। उसने नेख्लुदोव को दूर से ही देख लिया और उसका मुख उद्भासित हो उठा।

नेख्लुदोव की इच्छा ईस्टर चुम्बन देने की नहीं थी, केवल कतूशा के निकट रहने की थी। किन्तु जब पावलोव्ना ने कहा, "ख़्रीष्ट जग उठे हैं और आज हम सब समान हैं" और अपना मुंह आगे कर दिया तो नेख्लुदोव ने तीन बार चुम्बन लिया। इसके बाद प्रेमी युगल ने भी चुम्बन लिए-दिए। कतूशा श्रद्धा, कुमारी की पवित्रता एवं प्रेम अपनी तिरछी नज़रों में भरे हुए नेख्लुदोव के मुंह की ओर देख रही थी।

पुरुष और स्त्री के बीच के प्रेम में सदा एक ऐसाक्षण आता है जब वह प्रेम बेखबर-बेसुध और अकारण होता है, उसमें कोई वासना नहीं होती। ईस्टर की उस रात में नेख्लुदोव के लिए ऐसा ही क्षण आया था। आज जूरी के कमरे में अकेला बैठा वह उस क्षण को देख रहा था : वही चिकना, चमकीला काला सिर, ललित कौमार्यसम्पूर्ण देह पर शोभित धवल परिधान, अभी तक मुकुलित स्तन, लज्जारुण कपोल, कोमल काले प्रदीप्त नयन, निद्राहीन रात्रि के कारण किंचित् प्रबल हो रहा कटाक्ष और सम्पूर्ण आकृति पर छाई पवित्रता और कौमार्ययुक्त प्रेम—प्रेम केवल उसीके लिए नहीं वरन् सबके और सब चीज़ों के लिए, केवल भलों के लिए नहीं, वरन् जगत के सब प्राणियों के लिए। उसे उसके इस प्रेम की अनुभूति इसलिए हो रही थी कि उस रात अपने में भी वह उसी प्रेम का अनुभव कर रहा था—जैसे इस प्रेम में वह

उससे मिलकर एक हो गया हो।

गिर्जाघर से लौटने के बाद नेख्लुदोव ने अपनी मौसियों के साथ उपवास का समापन किया; एक गिलास वोदका और कुछ मदिरा पी और अपने कमरे में जाते ही सो गया, यहां तक कि कपड़े भी नहीं बदल सका। थोड़ी देर बाद द्वार पर एक खटके से उसकी नींद टूट गई। वह समझ गया कि कौन है। अंगड़ाई लेते हुए बोला, "कतूशा, तुम हो? अन्दर आओ।" कतूशा द्वार खोलकर अन्दर गई और बोली, "भोजन तैयार है।" और मुस्कराती हुई उसकी ओर देखती रही।

"मैं आ रहा हूं" कहकर नेख्लुदोव कंघी करने उठा। पर उसे खड़ी देख उसने कंघी एक ओर फेंक दी और उसकी ओर कदम बढ़ाया किन्तु इसी समय वह मुड़ी और जल्दी-जल्दी पांव रखती निकल गई। नेख्लुदोव ने सोचा, 'मैं कैसा मूर्ख हूं, उसे रोका क्यों नहीं?' वह उसे किसलिए रोकना चाहता था, यह समझ न सका किन्तु कुछ ऐसी अस्पष्ट भावना उठी कि जब वह उसके कमरे में आई तो कुछ करना चाहिए था; कोई चीज़ जो ऐसे मौके पर की जाती है। उसने पुकारा, "कतूशा, खड़ी रहो।"

"तुम क्या चाहते हो?" उसने रुकते हुए पूछा।

"कुछ नहीं, केवल···" कहते और यह याद करते हुए कि उसकी स्थिति के और मर्द ऐसे समय क्या करते हैं, बढ़कर उसने उसकी कमर के गिर्द हाथ डाल दिया। वह खड़ी रही, उसकी ओर ताकती रही। "नहीं, इवानोविच, नहीं, ऐसा तुम्हें नहीं करना चाहिए।" लजाकर कहते हुए उसने दृढ़ हाथों से उसका हाथ हटा दिया। नेख्लुदोव ने उसे जाने दिया और क्षण-भर के लिए न केवल घबरा और लजा गया बल्कि अपने ऊपर खीझ से भर गया। इस क्षण उसे अपने पर विश्वास करना था और जानना चाहिए था कि यह घबराहट और लज्जा उसके अन्दर की श्रेष्ठ मनोभावनाओं के कारण है और उसका आदेश मान लेना उचित है। किन्तु उसने सोचा कि यह उसकी मूर्खता है और उसने दूसरों की भांति ही आचरण करने के लिए अपने को तैयार कर लिया। उसने उसका पीछा किया और शीघ्र ही उसे जा पकड़ा; फिर उसे गोद में भरकर गर्दन चूम ली। यह चुम्बन गिर्जाघर के बाहर लिए गए पूर्व चुम्बन से बिल्कुल भिन्न था। यह एक भयानक चुम्बन था और कतूशा ने इसे अनुभव किया। "यह क्या कर रहे हो?" वह ऐसे स्वर में चीखी

मानो नेख्लुदोव ने उसकी कोई अमूल्य वस्तु अपूरणीय रूप से भंग कर दी हो। इसके बाद वह भाग गई।

इसके बाद नेख्लुदोव भोजनकक्ष में गया। उसकी मौसियां, एक गृह-चिकित्सक, और एक पड़ोसी वहां पहले से ही थे। सब कुछ सामान्य था परन्तु नेख्लुदोव के अन्दर एक आंधी चल रही थी। वह केवल कतूशा की बात सोच रहा था। वह चारों ओर उसीकी उपस्थिति का अनुभव करता था। भोजन के बाद वह अपने कमरे में चला गया पर सो न सका; बेचैनी में टहलता और उसकी पगध्वनि की ओर कान लगाए रहा। उसके अन्दर के पशु ने न केवल अपना सिर उठा लिया था वरन् पहले के अध्यात्मिक जीव को पांवों तले कुचलकर मुर्दा कर दिया था। पशु ने उसपर अधिकार कर लिया था।

सारे दिन नेख्लुदोव उसकी प्रतीक्षा करता रहा पर वह उधर न आई; उससे दूर रह रही थी। परन्तु डाक्टर उस दिन ठहर गए इस-लिए शाम को उनका बिस्तर लगाने वह उसके बगल के कमरे में गई। सुनकर उसने पीछा किया और कमरे के अन्दर चला गया। वह तकिये पर गिलाफ चढ़ा रही थी। मुस्करा दी पर यह आनन्द और उल्लास की मुस्कान न थी, एक भयपूर्ण करुण मुस्कान थी जो कहती थी कि तुम गलती कर रहे हो। नेख्लुदोव क्षण-भर के लिए झिझका; अब भी वह अपने से लड़ रहा था; कतूशा के लिए उसके अन्तर में जो प्रेम था वह अब भी अपनी दुर्बल वाणी में सावधान कर रहा था पर दूसरी आवाज़ आई, 'साव-धान, अपने सुख का, उपभोग का अवसर न जाने दे।' और इस दूसरी वाणी ने पहली को पूर्णतः दबा दिया। अब वह दृढ़ता के साथ आगे बढ़ा और एक भयानक, दुर्दमनीय वासना ने उसे वशीभूत कर लिया। उसने उसे गोद में लेकर बिस्तर पर बैठा दिया और स्वयं भी उसके पास बैठ गया। "प्यारे इवानोविच, मुझे जाने दो", करुण वाणी में उसने कहा, "पावलोव्ना आ रही है।" किसीकी पगध्वनि सुनाई दी और उसने अपने को छुड़ा लिया। नेख्लुदोव ने कहा, "तो मैं रात में तुम्हारे पास आऊंगा, तुम अकेली होगी न?" "यह सब क्या सोच रहे हो? ऐसा नहीं कर सकते।" कतूशा ने कहा, पर ये उसके होंठों के शब्द थे; उसके समस्त प्राण भ्रमित हो गए थे। पावलोव्ना ने घृणापूर्वक नेख्लुदोव की ओर देखा। पर वह बिना कोई शर्म अनुभव किए चला गया। और बड़ी रात तक आविष्ट की नाईं इधर-उधर घूमता रहा। उसका पशु इस समय प्रबल हो रहा था।

धीरे-धीरे सब लोग सो गए, बत्तियां बुझ गईं। नेख्लुदोव कतूशा के कमरे की खिड़की के पास गया। उसका हृदय इतनी ज़ोर से धड़क रहा था कि उसे उसकी आवाज़ सुनाई पड़ रही थी; सांस फूल रही थी। कमरे में एक लघुदीप टिमटिमा रहा था। कतूशा टेबल के पास बैठी ऊपर देख रही थी। उसके मुख पर भय एवं अन्तर्द्वन्द्व की गहरी छाया थी। उसका ऐसा गंभीर मुख उसने कभी न देखा था। एक बार उसे उसपर दया आई परन्तु फिर पशु उसपर हावी हो गया। बड़ी देर तक इधर-उधर घूमने के बाद चुपके से दरवाज़ा खोलकर अन्दर गया और उसे बाहर बरसाती में उठा लाया। धुंधलके में पांच हाथ दूर भी कुछ दिखाई नहीं पड़ता था। नेख्लुदोव ने उसके होंठों का चुम्बन लिया किन्तु इसी समय पावलोव्ना ने पुकारा, "कतूशा!"

कतूशा झट छुड़ाकर अन्दर भाग गई। नेख्लुदोव वहीं अंधेरे में बैठा रहा। फिर पावलोव्ना के कमरे के बाहर जाकर सुना उसकी नाक बज रही है। तब वह फिर कतूशा की खिड़की के पास जाकर फुसफुसाया, "कतूशा।" वह जग रही थी, उठकर क्रोधपूर्वक उसे चले जाने को कहा। बोली, "यह सब क्या है? तुम कैसे यह सब कर रहे हो? तुम्हारी मौसियां कहीं सुनती न हों।" पर उसकी सारी हस्ती मानो कह रही थी, 'मैं तुम्हारी हूं।' वह बोला, "मैं कहता हूं, दरवाजा खोलो।" वह क्षण-भर चुप रही, फिर चुपके से उठकर दरवाज़ा खोल दिया। वह अन्दर चला गया। फिर गोद में उठाकर बाहर ले गया। कतूशा ने धीरे से कहा, "यह क्या कर रहे हो?" पर उसने ध्यान न देकर उसे चिपटा लिया।

जब कतूशा कांपती हुई पर मौन उसके पास से कमरे में गई तो वह कुछ दूर पर जाकर खड़ा सोचता रहा कि जो कुछ हो गया उसका क्या अर्थ है? यह आनन्द की बात हुई या दुर्भाग्य की? उसने मन में कहा, 'हर मर्द ऐसा ही करता है,' और अपने कमरे में सोने चला गया।

दूसरे दिन नेख्लुदोव का साथी प्रसन्न, सुन्दर और भव्य तरुण श्वेनबोक आ गया। अपने रंग-ढंग, बातचीत और स्वभाव से उसने मौसियों का हृदय जीत लिया। कतूशा को देखते ही उसने नेख्लुदोव से कहा, "अब मैं समझा कि क्यों सहसा तुम्हें मौसियों का ख्याल आ गया। कोई ताज्जुब की बात नहीं दोस्त, मैं भी तुम्हारी स्थिति में यही करता। बड़ी मनोहर है।"

श्वेनबोक के आते ही नेख्लुदोव ने यात्रा की तैयारी कर दी। क्योंकि वह सम्बन्ध जारी रखना उसके लिए कठिन था। रास्ते में रोककर उसने कतूशा से कहा, "जाने के पूर्व मैं विदा लेने आया हूं।" और एक लिफाफे में 100 रूबल रखकर उसकी ओर बढ़ा दिया, "यह, मैं···।" पर कतूशा ने उसका हाथ हटा दिया। तब लिफाफा कतूशा की चोली में डालकर नेख्लुदोव भाग गया। और यह कहकर अपने मन को समझा लिया, 'और मैं क्या करता? सब लोग यही तो करते हैं।' उसी दिन वह चला गया। तब से युद्ध के बाद केवल एक बार मौसियों के यहां गया था। वहां पता लगा कि दुश्चरित्रता के कारण गर्भवती हो जाने पर कतूशा घर से निकाल दी गई। आज वह सामने अपराधिनी के रूप में बैठी है। उसे लगा कि अपनी उस हृदयहीन, क्रूर कायरता का पाप वह नौ वर्षों से अपनी अन्तरात्मा पर ढोता रहा है।

जब पेशकार ने फिर जूररों को न्यायालय में बुलवाया तब नेख्लुदोव पर एक खौफ सवार हो गया था; उसे लगता था मानो वह फैसला करने नहीं, अपना फैसला कराने जा रहा है।

गवाह बुलाए गए; उनका बयान हुआ। नेख्लुदोव ने देखा कि बीच-बीच में कतूशा उसकी ओर टकटकी लगाए देखती है; उसका मुख गम्भीर हो गया। नेख्लुदोव आतंकित हो उठा पर अपनी आंखें कतूशा की दृष्टि से हटा न सका। उसे फिर वह भयानक रात याद आ गई। इस समय नेख्लुदोव उसी घबराहट, दया और खीझ का अनुभव कर रहा था जब वह शिकार में एक घायल पक्षी को मारने पर मजबूर होता है। वह निर्दय कर्म करता है पर दया भी अनुभव करता है, फिर जल्दी से पक्षी को मार देता है और सब कुछ भूल जाता है। वह चाहता था कि मुकदमा जल्दी से खत्म हो जाए और उसे छुट्टी मिल जाए।

पर मानो उसे चिढ़ाने के लिए ही मुकदमा धीरे-धीरे चलता रहा। गवाहों के बयान के बाद जिरह हुई; लोक-अभियोजक भी बीच-बीच में कितने ही निरर्थक प्रश्न पूछते रहे; फिर अध्यक्ष ने जूररों को सम्बोधित किया; प्राप्त सब सामग्री और निष्कर्ष उनके सामने उपस्थित किए गए। फिर लोक-अभियोजक ने जूररों के सामने भाषण दिया और अपना पक्ष उपस्थित किया। उसकी बातों का सारांश यह था : मस्लोवा ने उस व्यापारी का विश्वास प्राप्त करने के बाद उसे सम्मोहित

(हिपनाटाइज़) कर दिया था। फिर उसकी चाबी लेकर उसके कमरे में गई; उद्देश्य यह था कि सारा धन हड़प ले किन्तु साइमन और यूफेमिया के देख लेने पर उनको भी बांटना पड़ा। बाद में अपराध छिपाने की दृष्टि से व्यापारी के साथ लौटकर उसे विष दे दिया।

मस्लोवा के वकील ने चोरी में भाग लेने की बात से इंकार नहीं किया पर ज़हर के विषय में कहा कि उसे नींद की दवा समझकर उसने दिया था। उसने यह भी बताया कि कैसे एक आदमी ने उसे भ्रष्ट जीवन की ओर उन्मुख किया और जब वह अदण्डित रह गया तब अपने पतन का सारा बोझ इस बेचारी को उठाना पड़ रहा है। किन्तु उसकी वकालत सुनकर सबने यही समझा कि वह अपने मुवक्किल का पक्ष प्रभावशाली एवं सफल रीति से पेश नहीं कर सका।

इसके बाद अभियुक्तों के बयान हुए। बचकोवा और साइमन ने अपने को निर्दोष बताते हुए वे ही बातें दोहराई जो वे पहले बता चुके थे। मस्लोवा ने अपनी सफाई में कुछ न कहा; उसने एक बार अध्यक्ष को आंखें उठाकर देखा, फिर शिकारी द्वारा पीछा किए जाते पशु की भांति कमरे पर निगाह डाली, सिर झुका लिया और सिसकने लगी। नेख्लुदोव के मुंह से अन्तर्रोदन को जबर्दस्ती दबाने की एक विचित्र ध्वनि निकल पड़ी; वह अपनी वर्तमान स्थिति का पूरा मर्म नहीं समझ पाया और समझा कि आंखों में भर रहे आंसू उसकी स्नायविक दुर्बलता के कारण हैं। आंखों को छिपाने के लिए उसने चशमा लगा लिया और रूमाल से नाक छिनकने लगा।

अब अध्यक्ष ने सारे मामले का सारांश सुनाना शुरू किया। उधर नेख्लुदोव उसके मुंह की ओर देख रहा था। उसे लग रहा था कि कतिपय परिवर्तनों के बावजूद यह वही कतूशा है जिसने ईस्टर की संध्या में आनन्द एवं जीवन से पूर्ण हंसती आंखों से निर्दोष भावपूर्वक उसे देखा था।

'कैसा विचित्र संयोग है कि दस वर्ष की अवधि के बाद, जिसमें मैंने उसे कभी नहीं देखा, आज यह केस आया है जब मैं जूरी में हूं और उसे कैदी के रूप में देख रहा हूं। और पता नहीं इसका क्या अन्त होगा।' इतना होते हुए भी उसने अपने अन्दर पश्चात्ताप की भावना को बढ़ने नहीं दिया। उसने समझा यह संयोग मात्र है। वह विश्वास करने को तैयार न था कि यह सब उसीके कर्मों का फल है। वह अपने को काबू में

किए बैठा रहा परन्तु वह न केवल अपने सारे कृत्य की निर्दयता, कायरता तथा नीचता का बल्कि अपने अहंकारमय भ्रष्ट आलसी जीवन की विकृति का अनुभव कर रहा था। वह भयानक पर्दा जिसने अवर्णनीय ढंग पर उसके पाप को उससे छिपा रखा था, हटने लगा था।

अध्यक्ष के भाषण के बाद जूरर सलाह के लिए अपने कक्ष में चले गए। एक दयालु व्यापारी जूरर ने कहा, "इसमें लड़की का कोई दोष नहीं जान पड़ता, वह व्यर्थ फंस गई है; हमें उसके लिए दया की सिफारिश करनी चाहिए।" नेता ने कहा, "हमें इसी सवाल पर तो विचार करना है।'' सब बैठकर विचार करने लगे। अन्त में बहुमत से साइमन दोषी माना गया; बचकोवा को क्षमादान की बात तय हुई और मस्लोवा को अपराधी पाया गया। बहुत-से लोग उसे निर्दोष मानते थे और क्षमा-प्रदान करने के पक्ष में थे पर नेता के प्रतिकूल होने के कारण उसीकी राय सबको माननी पड़ी। उसने 'बिना धनहरण की इच्छा के और बिना सम्पत्ति की चोरी किए उसे दोषी करार दिया।' जो उसे क्षमा प्रदान किए जाने के पक्ष में थे उन्होंने भी समझा कि जब वैसी इच्छा ही न थी तब अन्त में वह मुक्त कर दी जाएगी। शोर-गुल में किसीने, यहां तक कि नेख्लुदोव ने भी, स्पष्ट यह नहीं लिखवाया कि 'वह पाउडर देने की अपराधिनी है किन्तु प्राण लेने की उसकी मंशा नहीं थी।'

जूरी लौट आए। नेता ने निर्णय का कागज़ अध्यक्ष को दिया। अध्यक्ष को शब्दावली पर बड़ा आश्चर्य हुआ कि जूरी ने अपने निर्णय में एक शर्त 'बिना धन हरण की इच्छा' तो लिखा है किन्तु दूसरी शर्त 'प्राण लेने की मंशा बिना' लिखना रह गया है। इसका अर्थ तो यह हुआ कि 'मस्लोवा ने चोरी तो नहीं की किन्तु किसी स्पष्ट कारण के बिना आदमी को ज़हर दे दिया।' अध्यक्ष ने धारा 818 का सहारा लेकर निर्दोष मस्लोवा को छोड़ना चाहा और न्याय-समिति के एक सदस्य उनसे सहमत भी थे किन्तु दूसरे के विरोध के कारण वैसा न किया जा सका। अध्यक्ष सदस्यों के साथ अलग कक्ष में विचार-विनिमय के लिए चले गए।

अध्यक्ष ने अदालत में आकर जो फैसला सुनाया उसका सारांश निम्नलिखित है:

1. मस्लोवा सम्पत्ति के समस्त अधिकार से वंचित की जाती और

चार साल की आपराधिक सेवा के लिए साइबेरिया भेजी जाती है।

2. साइमन समस्त सम्पत्ति से वंचित करके आठ साल के लिए साइबेरिया भेजा जाता है।

3. बचकोवा को विशिष्ट व्यक्तिगत अधिकारों से वंचित कर तीन साल के लिए कैद की सज़ा दी जाती है।

मस्लोवा दण्ड सुनते ही लाल हो गई और सहसा चीख पड़ी, "मैं अपराधिनी नहीं हूं, नहीं हूं। यह पाप है! मैं अपराधिनी नहीं, मैंने कभी ऐसी बात भी नहीं सोची; मैं सत्य कह रही हूं—सत्य!" और बेंच पर भद से गिरकर रोने लगी।

नेख्लुदोव ने अपने मन में कहा, 'इस तरह बात को छोड़ देना असम्भव है।' वह उठकर बरामदे में आया; बहुत-से लोग चले गए थे, किन्तु बहुत-से वहां थे। अब नेख्लुदोव अध्यक्ष से मिलने के लिए फिर लौटा। वे भी न्यायालय से बाहर निकल आए थे। उसने उन्हें अपना परिचय देकर कुछ कहने की इजाज़त मांगी; फिर कहा, "मस्लोवा के विषय में जूरी ने प्रश्नों पर जो राय लिखी उसमें कुछ गलती रह गई है। वह विष देने की अपराधिनी नहीं है, फिर भी उसे साइबेरिया में अपराधिक सेवा का दण्ड दिया गया है।" अध्यक्ष ने कहा, "आप लोगों ने खुद ही जो सिफारिश की थी उसीके अनुसार फैसला अदालत ने किया है—यद्यपि हम लोग स्वयं उसके ज़्यादा पक्ष में न थे। यदि आप लोगों ने 'हत्या को मंशा बिना' शब्द जोड़ दिए होते तो वह छोड़ दी गई होती।"

"हां, मेरी यह भूल अक्षम्य है।" नेख्लुदोव ने कहा।

"अब यदि आप किसी वकील से मिलें तो अपील के लिए किसी कारण की खोज करनी पड़ेगी। और वह सरलता से किया जा सकता है।...अच्छा, नमस्कार।"

अध्यक्ष की बातों और बाहर को मुक्त वायु से नेख्लुदोव का क्षुब्ध चित्त कुछ शांत हुआ, फिर भी उसे यह आवश्यक प्रतीत हुआ कि मस्लोवा के दुर्भाग्य को कम करने का कोई उपाय तुरन्त किया जाना चाहिए। उसे फनारिन सौर मिकीशिन नामक दो प्रसिद्ध वकीलों के नाम याद आए। वह अदालत में लौटा और पहले ही बरामदे में उसकी फनारिन से भेंट हो गई। वे एक कमरे में जाकर बैठ गए। नेख्लुदोव ने उनसे अनुरोध किया कि इस मामले में वह जो दिलचस्पी ले रहा है उसे वह किसीपर प्रकट न करेंगे। फिर उसने पूरा हाल उन्हें बताया और

सिनेट में अपील करने के लिए उनकी सहायता की याचना की।

"अच्छा, मैं मामले पर विचार करके कल या परसों, हर हालत में गुरुवार के पूर्व, बता दूंगा। आप 6 बजे मुझसे मिलेंगे।"

नेख्लुदोव वहां से विदा हुआ तो उसे मस्लोवा के लिए थोड़ा कुछ भी कर सकने पर किंचित् शांति मिली। वह पैदल ही चल पड़ा। इस समय उसके मन में कतूशा की कितनी ही स्मृतियां घुमड़ने लगीं। फिर उसे कोर्चगिन के निमंत्रण की याद आई। अभी ज़्यादा विलम्ब नहीं हुआ था। वह पास से गुज़रती एक गाड़ी पर कूदकर चढ़ गया और बाज़ार में उतरकर एक तेज़ तांगा किया। दस मिनट के अन्दर वह कोर्चगिन के द्वार पर था।

द्वारपाल ने उसे देखते ही कहा, "डिनर शुरू हो गया है। हुज़ूर का इन्तज़ार है। मुझे हुक्म है कि आपको आते ही भेजूं।"

नेख्लुदोव ऊपर गया और शानदार नृत्यशाला पार कर भोजनशाला में पहुंचा। मां सोफिया वासीलीव्ना को छोड़ सम्पूर्ण कोर्चगिन परिवार वहां मौजूद था। टेबल के एक छोर पर बीच में मिसी बैठी थी और उसके बगल में एक स्थान खाली था। बूढ़े कोर्चगिन ने कहा, "आओ, बैठो; हम लोगों ने अभी शुरू ही किया है।" नेख्लुदोव ने यद्यपि बहुत बार कोर्चगिन को देखा था तथा उसके साथ भोजन भी कर चुका था, पर आज उसका लाल चेहरा, चटोर और चटखारते होंठ, मोटी गर्दन और आवश्यकता से अधिक भोजन से फूला सैनिक शरीर जितना बीभत्स लगा वैसा कभी न लगा था। उसे याद हो आया कि यही आदमी है जो अपने समय में आदमियों को कोड़ों से पिटवाया और फांसी पर लटका दिया करता था। टेबल के चारों ओर घूमकर सबसे हाथ मिलाने के बाद मिसी और केतेरिना के बीच बैठ गया। कोलोसोव ने तथा और लोगों ने उससे बीच-बीच में बातचीत करने की कोशिश की। किन्तु वह गुमसुम बैठा रहा और चुपचाप भोजन करता रहा। मिसी ने कहा, "तुम बहुत थके जान पड़ते हो।" नेख्लुदोव ने कहा, "वैसा थका तो नहीं हूं। तुम चित्रशाला गई थीं?" मिसी बोली, "नहीं, वह कार्यक्रम स्थगित हो गया।"

नेख्लुदोव आया तो इसलिए था कि उसका दिल बहलेगा। इस घर का वातावरण, सुरुचि, सजावट और मीठी चापलूसी उसे अच्छी लगती थी, पर आज वहां की हर चीज उसे भद्दी लग रही थी; यहां तक कि

मिसी भी आकर्षणरहित प्रतीत होती थी। वह बहुत पहले से मिसी को दो रूपों में देखा करता था। कभी तो उसे लगता, मिसी को जैसे चांदनी में लिपटी हुई देखा हो। ऐसे समय उसमें सब कुछ सुन्दर, नवीन, अच्छा एवं स्वाभाविक लगता था। फिर जैसे सहसा उसपर तेज़ सूर्य की किरणें पड़ गई हों और उनके प्रकाश में उसके सब दोष दिखाई पड़ गए हों। आज उसे उसके चेहरे की सब झुर्रियां दिखाई पड़ रही थीं। वह देख रहा था कि उसके कौन-से दांत नकली हैं, कौन-से केश कुंचित हैं, केहुनियां कितनी नुकीली हैं, अंगूठे के नख पिता के नखों की भांति बड़े-बड़े हैं।

मिसी ने उसकी अन्यमनस्कता की ओर प्रश्नभरी आंखों से देखा तब नेख्लुदोव यह सोचकर लज्जित हो गया कि किसीके घर उदासी ले जाना ठीक नहीं। उधर मिसी अब अपने विवाह के लिए बड़ी उत्सुक थी और चूंकि नेख्लुदोव एक योग्य वर था और वह उसे चाहती भी थी इसलिए उसने मान-सा रखा था कि वह उसका होकर रहेगा (खुद उसकी होकर नहीं)। उसे खोना अब बड़ा दुःखदायी होगा। उसने मां के कमरे में जाते समय एकान्त में नेख्लुदोव से पूछा, "जान पड़ता है कि आज कोई घटना हुई है; बताओ, क्या बात है?"

"हां, कुछ बात तो हुई है; असाधारण और गम्भीर।"

"क्या बात है? मुझे न बताओगे?"

"अभी नहीं; कृपया मुझसे कुछ न पूछो; मुझे अभी तक उसपर विचार करने का अवसर नहीं मिला है।"

"मुझे भी न बताओगे?" कहते हुए उसके मुख की एक पेशी सिकुड़ गई। नेख्लुदोव ने देखा कि वह अपने आंसू रोकने के लिए मुंह को अस्वाभाविक रूप से दबा रही है। चोट पहुंचाने के कारण उसे लज्जा हुई किन्तु वह जानता था कि यदि उसने ज़रा भी दुर्बलता प्रकट की तो अनर्थ हो जाएगा।

जब नेख्लुदोव मिसी के साथ उसकी मां राजकुमारी सोफिया वासीलीव्ना के कमरे में पहुंचा तो वे अपना भोजन समाप्त कर चुकी थीं; उनकी कोच के साथ एक छोटी टेबल पर कॉफी रखी थी और वे सिगरेट पी रही थीं। एक ओर डाक्टर बैठा था जिसके साथ उनकी घनिष्ठता को लेकर चारों ओर तरह-तरह की अफवाहें उड़ रही थीं। नेख्लुदोव को आज उन्हें नज़दीक बैठे देख घृणा-सी हो गई। मिसी बातचीत के

बाद अपने कक्ष में आने का निमंत्रण देकर चली गई। सोफिया ने नेख्लुदोव का स्वागत करते हुए फरांसीसी में कहा, "आओ भाई, कैसे हो? बैठो, मैंने सुना, तुम अदालत से बहुत सुस्त होकर आए हो। वहां का काम तुम्हारी जैसी आत्मावाले व्यक्ति के लिए बड़ा कठिन रहा होगा।"

"हां, है तो कुछ ऐसा ही। लगता है कि हमें दूसरों पर निर्णय देने का कोई अधिकार नहीं।"

"कितनी सच्ची बात है।"

कुछ देर बाद नेख्लुदोव उठ खड़ा हुआ; मिसी के पास जाते हुए ड्राइंगरूम में केतेरिना से भेंट हो गई। उसने कहा, "देखती हूं कि जूरर का क़ाम तुम्हें थका देता है।" नेख्लुदोव ने कहा, "हां, आज मेरा मन उदास है और मैं नहीं चाहता कि अपनी उपस्थिति से दूसरों के सुख में बाधा डालूं।"

"आज तुम इतने उदास क्यों हो?"

"यह मुझसे मत पूछो।"

"तुम तो कहा करते थे कि सदा सच बोलना चाहिए। और हम लोगों से कैसी निर्दय सत्य बातें कहा करते थे! अब क्यों बताना नहीं चाहते?"

"वह खेल की बात थी। आदमी खेल में सच बोल सकता है किन्तु यथार्थ जगत् में हम बहुत बुरे हैं; मेरा आशय है, मैं बहुत बुरा हूं; इतना कि सच नहीं बोल सकता।"

इसी समय मिसी आ गई और बोली, "चलो मेरे कमरे में, हम लोग तुम्हें खुश करने की चेष्टा करेंगी।" परन्तु उसने क्षमा मांग ली; मिसी देर तक उसके हाथ को अपने हाथ में लिए रही और बोली, याद रखो कि जो कुछ तुम्हारे लिए महत्वपूर्ण है, तुम्हारे मित्रों के लिए भी महत्त्वपूर्ण है। कल आ रहे हो न?"

"आशा नहीं है" कहकर नेख्लुदोव आगे बढ़ गया। मिसी के मुख की सम्पूर्ण ज्योति एक क्षण में लुप्त हो गई। उसने सोचा, 'क्या ये भी धोखा देंगे?' कोई निश्चित बात नहीं हुई थी; परन्तु जो कुछ हुआ था उसने उसके मन में आशा की ज्योति जगा दी थी, और उसने समझ लिया था कि वे मेरे हैं। अब उनका हाथ से चले जाना दुःखदायी होगा।

नेख्लुदोव परिचित सड़कों से गुजरते हुए मन में कहता जा रहा था, 'लज्जाजनक और बीभत्स; लज्जाजनक!' मिसी से बातें करते

समय जो उदासी उसमें भर गई थी, वह जाती न थी। वह समझता था कि वैसे वह ठीक है क्योंकि उसने आज तक मिसी से कोई ऐसी बात न कही थी जो बंधन रूप हो। उसने कभी कोई प्रस्ताव नहीं किया पर वह जानता था कि यह सब न होते हुए भी वस्तुतः वह उससे बंधा हुआ है। इतने पर भी आज विवाह की कल्पना के प्रति वह पूर्णतः विद्रोह कर उठा था। वह बार-बार मन में कह रहा था, 'लज्जाजनक और बीभत्स'; न केवल मिसी और अपने सम्बन्ध के बारे में वरन् प्रत्येक वस्तु के बारे में। 'सब कुछ लज्जाजनक और बीभत्स है।' घर में प्रवेश करते ही नौकर कार्नी से कह दिया, "भोजन नहीं करूंगा।" इसके बाद खुद अपने लिए चाय बनाने जा रहा था कि अग्रफेना की पदध्वनि सुनकर जल्दी से ड्राइंगरूम में जाकर दरवाज़ा बन्द कर लिया। वहां पिता और माता के चित्र लगे थे और उनके नीचे दीपक जल रहे थे। उसे याद आ गया कि अन्तिम दिनों में मां के साथ पिता का सम्बन्ध भला न था। वे दोनों भी उसे 'लज्जाजनक और बीभत्स' लगे—ओह, किस प्रकार मां की अन्तिम बीमारी में पिता ने उसकी मृत्यु-कामना की थी। कहते तो वे यह थे कि वेदना से उसकी मुक्ति के लिए वे ऐसा चाहते हैं किन्तु वस्तुतः उसकी वेदना के दृश्य से वे स्वयं अपनी मुक्ति चाहते थे।

मां का चित्र तरुणावस्था में किसी प्रसिद्ध चित्रकार ने बनाया था जिसमें सुडौल चमकती बांहें और कम्बुग्रीवा दिखाई पड़ रही थी; उन्नत स्तन खास तौर से ध्यान आकर्षित करते थे। मां के इस अर्द्धनग्न चित्र पर उसे बड़ी घृणा आई; उसे याद आया कि तीन महीने पूर्व इसी कमरे में उसने किस प्रकार उनका-कंकाल रूप देखा है जब अपनी लकड़ी-सी रक्तहीन उंगलियों से उसका हाथ पकड़कर उन्होंने कहा था, "मुझे जो कुछ करना था वह नहीं कर सकी, इसके लिए तुम मुझसे नाराज़ न होना मीतया!" और वेदना से पीली उनकी आंखों में आंसू भर आए थे। उसने मन में कहा, 'भयानक!' उसे याद आ गया कि कुछ दिन पहले ही इसी तरह अपना अर्द्धनग्न रूप दिखाने के लिए मिसी ने मुझे बहाने से अपने कमरे में उस समय बुलाया था जब वह एक 'बाल'-नृत्य में जाने के लिए तैयार थी। उसके सुन्दर कंधों और भुजाओं की याद करके वह घृणा से भर गया। उसे लज्जा भी आई, 'लज्जाजनक और बीभत्स; बीभत्स और लज्जाजनक!' उसने सोचा, 'चाहे जैसे हो मुझे कोर्चगिन परिवार, मेरी वासीलीव्ना और अपनी विरासत के साथ अपने वर्तमान मिथ्या सम्बन्धों से मुक्त होना पड़ेगा।'

इसी समय उसकी आंखों में काले कटाक्षयुक्त नयनोंवाली एक बन्दिनी का स्पष्ट चित्र घूम गया। फिर उससे सम्बद्ध पुराने दिनों के एक-एक चित्र उसके सामने आने लगे। उसे अन्तिम मिलन की याद आई; उसे गिर्जाघर की पूजा के दिन का उसका रूप याद आया। 'मैं उसे प्यार करता था; उस रात सचमुच उसके प्रति मेरा शुद्ध प्रेम था; मैं जब अपनी मौसियों के साथ रहकर अपना निबन्ध लिख रहा था तब भी मैं उसे प्यार करता था। तब उसे याद आ गया कि वह स्वयं उन दिनों कैसा था; उस ताज़गी, यौवन और जीवन की पूर्णता ने क्षण-भर के लिए उसे छू दिया; वह दुःखी हो गया। तब वह जो कुछ था और आज जो है उसके बीच महान अन्तर है—उतना ही महान जितना गिर्जाघर की उस कतूशा और व्यापारी की हत्या के जुर्म में बन्दिनी वेश्या कतूशा में है। जब वह स्वतन्त्र एवं निर्भय था उसके सामने अनन्त संभावनाएं थीं; अब वह एक दुष्ट, रिक्त, विलासी जीवन के जाल में फंस गया है जिससे निकलने का कोई उपाय उसे नहीं सूझ रहा है। किसी समय उसे अपनी सच्चाई और सरलता पर गर्व था, उसने सदा सत्य भाषण करने का नियम बना रखा था और अब किस प्रकार मिथ्या के गर्त में डूब गया है, भयानक असत्य—असत्य जो उसके इर्द-गिर्द के लोग सत्य समझे हुए हैं। वह पंक में डूबा हुआ उसीमें सुख मान रहा है।

कैसे वह मेरी वासीलीव्ना और मिसी से अपने को मुक्त करे? मां से इतना बड़ा प्राप्त उत्तराधिकार और भू-सम्पत्ति के अन्याय के विरोधों के बीच कैसे संगति स्थापित करे? कतूशा के प्रति किए पाप का प्रायश्चित्त कैसे होगा? इस अन्तिम प्रश्न को तो किसी तरह छोड़ा नहीं जा सकता। जिस स्त्री को उसने प्यार किया है उसे यों छोड़ नहीं सकता और साइबेरिया में उसे कठोर श्रम से बचाने के लिए केवल वकील की फीस दे देने पर सन्तोष नहीं किया जा सकता। 'रुपया देकर पाप का प्रायश्चित्त! इसी तरह तो उसे भ्रष्ट करने के बाद रुपया देकर मैंने अपनी आत्मा को भुलावा दिया था! कैसा बीभत्स! केवल एक बदमाश ही ऐसा कर सकता है; मैं डूब गया, मैं नष्ट हो गया! पर क्या इतना ही? मेरी और उसके पति के प्रति मैंने जो आचरण किया है वह भी तो घृणित है? और यह धन का उपयोग? जिस संपत्ति को मैं अवैध और अन्यायपूर्ण मानता था उसका उपयोग क्या है? और मेरा यह सारा आलसी अर्थहीन जीवन? वासना के कीट, तुझे लोग चाहे

जिस रूप में देखें, तू दूसरों को धोखा दे सकता है पर अपने को नहीं।' उसने सहसा अनुभव किया कि प्रिंस कोर्चगिन, सोफिया वासीलीव्ना, कार्नी, मिसी सबके प्रति जो घृणा उसमें व्याप्त हो गई है वह वस्तुतः आत्मघृणा है। इस अनुभूति में उसे एक प्रकार की शान्ति मिल रही थी।

नेख्लुदोव के जीवन में इस प्रकार का 'आत्मप्रक्षालन' कई बार हो चुका था। 'आत्मा की सफाई' से उसका अभिप्राय था—उसके मन और हृदय में संचित सम्पूर्ण मल का धुल जाना। जैसे समय-समय पर घड़ी की सफाई होती है वैसे ही आत्मा की यह सफाई उसके लिए आवश्यक है। जब भी इस प्रकार का जागरण होता है नेख्लुदोव अपने लिए कुछ नियम निश्चित करता है जिनपर आगे चलेगा। वह डायरी लिखना शुरू करता है, एक नया जीवन आरम्भ करता है और संकल्प करता है कि अब इसमें परिवर्तन न होगा। किन्तु हर बार वह संसार के प्रलोभनों में फंसकर पहले से भी नीचे गिर जाता है। इस प्रकार जीवन में कई बार वह अपने को उठा और पवित्र कर चुका है। पहली बार जब वह अपनी मौसियों के पास आया था तो उसकी आत्मा में इसी प्रकार का जागरण हुआ था; दूसरा जागरण तब हुआ जब वह युद्धकाल में नागरिक सेवा छोड़कर सैनिक सेवा में शामिल हो गया; तीसरे जागरण में वह सैनिक सेवा का त्याग कर कला की सेवा में जीवन अर्पण करने के लिए विदेश चला गया। किन्तु इस बार बहुत लम्बा काल बीत गया। उसने अपने अन्तर की सफाई नहीं की इसीलिए उसके अन्तःकरण की मांगों और उसके वर्तमान जीवन के बीच पहले की अपेक्षा बहुत अधिक गहरी खाई आ गई है। अन्तर्वाणी ने कहा, 'पहले भी तो तुम आत्मशोधन की चेष्टा कर चुके हो, उसका क्या फल निकला?' प्रलोभन की वाणी बोली, 'अब फिर से चेष्टा करना व्यर्थ है। क्या तुम अकेले हो? ऐसा तो सभीके साथ होता रहता है।' परन्तु उसकी अन्तरात्मा जग चुकी थी और वस्तुतः वही एकमात्र सत्य है, वही एकमात्र शक्तिमती है, वही एकमात्र सनातन है। उसे उसका विश्वास करना ही पड़ा और इस जागरित आध्यात्मिक जीव को ऐसा लगा कि कुछ भी असाध्य नहीं है। नेख्लुदोव ने निश्चय किया कि 'मैं इस मिथ्या को, जो मुझे बांधे हुए है, तोड़कर रहूंगा; मैं सबसे कहूंगा कि सत्य यह है और जो सत्य होगा उसीके अनुसार करूंगा। मैं मिसी से कह दूंगा कि मैं एक आवारा हूं और उससे विवाह नहीं कर सकता; मैं मेरी वासीलीव्ना के पति से कह दूंगा; मैं अपनी विरासत में पाई सम्पत्ति किसानों में बांट दूंगा; मैं

कतूशा से कहूंगा कि मैं बदमाश हूं, मैंने उसके प्रति पाप किया है और उस पाप के प्रक्षालन के लिए सब कुछ करूंगा। मैं उससे क्षमा मागूंगा और आवश्यक होने पर उससे विवाह कर लूंगा।' वह खूब रोया और ईश्वर से प्रार्थना की कि उसके शुभ संकल्प में उसे बल दे। इतने वर्षों से सोया आध्यात्मिक मानब उसमें जग उठा था।

मस्लोवा को पैदल चलने का अभ्यास नहीं था; आज जेल से अदालत आने-जाने में उसे दस मील चलना पड़ा, इसलिए जब वह 6 बजे शाम को अपने जेल के कक्ष में पहुंची तो एकदम थक गई थी; पांव फूल गए थे। फिर दिन-भर के उपवास एवं आशा से अधिक कठोर दण्ड ने उसे कुचल-सा दिया था। जब दोपहर की छुट्टी में सिपाही खाना खा रहे थे तो उसके मुंह में पानी आ गया था किन्तु मांगना मर्यादा के विरुद्ध होने के कारण उसने कुछ न कहा। फिर भूख मिट गई, केवल दुर्बलता रह गई। दुर्बलता दूर करने के लिए अब वह तम्बाकू एवं मदिरा चाहती थी पर अदालत में वह सब संभव न था। मुकदमा खतम होने पर पेशकार की अनुमति से उसके चकले की स्वामिनी कितेवा ने उसे कुछ रूबल दिए थे, जिससे उसने एक आदमी की मदद से कुछ सिगरेट मंगवा लिए थे परन्तु पहरेदारों ने उसे रास्ते में पीने नहीं दिया था। जेल में प्रवेश करते ही जेलर ने उसके कंधे पर एक धौल मारा और अपने पीछे आने का संकेत किया। स्त्रियों के वार्ड में पहुंचने पर उसकी तलाशी ली गई थी और कोई प्रतिबंधित वस्तु न प्राप्त होने पर वह अपनी कोठरी में भेज दी गई थी।

यह कोठरी इक्कीस फुट लम्बी और सोलह फुट चौड़ी थी। इसमें दो खिड़कियां थीं। एक बड़ा चूल्हा था। दो तिहाई स्थान में बेंचें पड़ी थीं, इसीपर बन्दिनियां सोती थीं; इनकी लकड़ियां कहीं सिकुड़ गई थीं और कहीं उभर आई थीं। दरवाजे के सामने ईसा की एक मूर्ति थी। दरवाज़े की दाहिनी ओर एक टब था जिससे बदबू निकलती थी। मुआइने के बाद बंदिनियां रात-भर के लिए उस कमरे में बन्द कर दी गई थीं। उसमें बारह स्त्रियां थीं और तीन बच्चे। कुछ लेटी थीं, कुछ गप-शप कर रही थीं, कुछ सीने-पिरोने के काम में लगी थीं; इन्हींमें अधेड़ कोराब्लेवा भी थी जिसने पुत्री से बलात्कार करनेवाले अपने पति को एक कुल्हाड़ी से मार डाला था; उसे साइबेरिया में सख्त कैद मिली थी। वह इस कमरे की बन्दिनियों की नेता थीं और चोरी-चोरी लाकर

उनको शराब बेचने का धंधा भी करती थी। उसके पास एक औरत सिलाई कर रही थी, जो रेलवे के वाचमैन की पत्नी थी और उसके झंडी न दिखाने के कारण एक दुर्घटना हो गई थी। उसे तीन मास की जेल हुई थी। तीसरी औरत जो सिलाई कर रही थी थ्यूडोसिया थी—एक शांत तरुणी। उसका वर्ण उज्ज्वल एवं आकर्षक था; आंखें ज्योतिर्मय एवं नीली थीं तथा केश लम्बे थे। चूंकि उसकी शादी उसकी इच्छा के विरुद्ध सोलह साल में ही हो गई थी, उसने विवाह के बाद ही अपने पति को ज़हर देने का प्रयत्न किया था, इसलिए भी कि उसके पति से उसे शांति बिलकुल न मिलती थी। वह जमानत पर छोड़ दी गई थी और ज़मानत के उन आठ महीनों में न केवल पति के साथ उसके विरोध समाप्त हो गए थे बल्कि वह पति को प्यार करने लगी थी। जब उसका मुकदमा हुआ पति-पत्नी दोनों अभिन्न-से हो गए थे परन्तु उसके पति तथा सास-ससुर की लाख कोशिशों के बावजूद उसे साइबेरिया में कठोर श्रम का दण्ड मिला था। मस्लोवा की बेंच से लगी हुई उसकी बेंच थी और दोनों में बड़ा स्नेह हो गया था। थोड़ी दूर पर चार वर्ष के मोटे-से बच्चे से खेलती एक कूबड़ी महिला थी। वह सदा खुश रहती। उसे अपनी चिन्ता न थी पर अपने पुत्र और 'बूढ़े आदमी' की चिन्ता ज़रूर थी। इसी प्रकार विविध स्त्रियां विविध अपराधों में दण्डित होकर यहां एकत्र हो गई थीं।

मस्लोवा के कोठरी में पहुंचते ही सब स्त्रियों का ध्यान उसकी ओर चला गया। दो-एक उसके पास आकर कहने लगीं, "क्या हुआ, हम लोग तो समझती थीं कि तुम छोड़ दी गई होगी?" थ्यूडोसिया ने अपनी नीली, शिशु जैसी आंखों से उसकी ओर देखते हुए पूछा,"सचमुच उन्होंने तुम्हें दण्ड दिया है क्या?" और उसका ताज़ा तरुण मुख दुःख एवं सहानुभूति से भर गया। फिर उसने पूछा, "तुमने कुछ खाया-पिया है?" मस्लोवा ने इन बातों को कुछ भी उत्तर नहीं दिया; अपनी बेंच पर जाकर लबादा उतारा, जूते खोले और बैठकर सिगरेट निकाली और कोराब्लेवा की ओर बढ़ा दिया। कोराब्लेवा को सिगरेट इत्यादि में उसका पैसा फूंकना पसन्द न था, इसलिए उसने सिर हिलाया, फिर लैम्प से जलाकर उसका एक कश लिया और फिर उसे मस्लोवा के हाथ में थमा दिया। मस्लोवा लोभी की भांति कश पर कश लेने लगी, फिर बुदबुदाई, "आपराधिक सेवा" और सिसकने लगी। कोराब्लेवा ने

कहा, "क्या उन्हें भगवान का भय नहीं, जो बेचारी को बिना अपराध के सज़ा दे दी।" फिर पूछा, "कितने साल?" मस्लोवा बोली, "चार वर्ष।" इसपर सभी सहानुभूति प्रकट करने और न्याय की टीका-टिप्पणी करने लगीं।

जो पैसा उसे अदालत में मिला था वह निकालकर उसने कोराब्लेवा को दे दिया। कोराब्लेवा वोदका लाने अपनी बेंच की ओर चली गई। तब मस्लोवा ने रूमाल खोलकर कपड़े की धूल झाड़ी और लेट गई। थ्यूडोसिया ने उसे थोड़ी चाय दी। फिर कोराब्लेवा वोदका लेकर आ गई। मस्लोवा ने थोड़ी-थोड़ी वोदका कोराब्लेवा और खोरोशेवका को दी। ये तीनों रईसज़ादियां समझी जाती थीं क्योंकि इनके पास पैसे थे। वोदका पीते ही मस्लोवा में ताज़गी और चेहरे पर चमक आ गई। तब वह अदालत की बातें मज़े से सुनाने लगी। उसने यह भी कहा कि, 'जिसे देखो मुझे ही घूरता था। कर्मचारी कभी यह कागज़ कभी वह कागज़ लेने के बहाने वहां बराबर आते रहते थे; मुझे लगता था जैसे अपनी आंखों से मुझे खा जाएंगे।'

एक औरत ने कहा, "हां, जैसे चीनी पर मक्खी भिनकती है वैसे ही वे औरतों पर भिनकते हैं।"

इसी समय एक औरत आकर सलाह देने लगी। कोराब्लेवा ने उसे फटकारा और कहा, "चल, चल। भग जा, हमें तेरी सलाह की ज़रूरत नहीं।" इसपरपहले दोनों में कुछ कहा-सुनी, फिर गुत्थमगुत्था हो गई। सब औरतें इर्द-गिर्द इकट्ठी हो गईं और चीखने तथा दोनों को अलग करने की कोशिश करने लगीं। एक ने दूसरे का झोंटा पकड़ा, दूसरे ने उसके कपड़े फाड़ दिए, और काट लिया। निरीक्षिका और जेलर के आने पर दोनों एक-दूसरे से अलग की गई। फिर औरतें बिखर गईं; जेलर चला गया किन्तु बड़ी देर तक उनमें झगड़ा होता रहा। फिर धोरे-धीरे शांति हो गई।

दूसरे दिन सुबह जब नेख्लुदोव सोकर उठा तो उसमें यह चेतना थी कि उसमें कुछ परिवर्तन हुआ है—महत्त्वपूर्ण और मंगलकारी। अब उसे मिथ्या को त्यागकर सच्ची बातें कह देनी चाहिए कतूशा से।

संयोगवश उसी दिन सुबह उसकी प्रेमिका, व्यापारी की स्त्री मेरी वासीलीव्ना का पत्र भी उसे मिला जिसमें उसने उसे अपने बन्धन से मुक्त

कर दिया था और अभिलषित विवाह के प्रति अपनी शुभाकांक्षा व्यक्त की थी। तब उसे याद आया कि एक ही दिन पूर्व उसने निश्चय किया था कि वह उसके पति से सब कुछ कह देगा। पर जो कुछ कल सरल था, आज कठिन लगने लगा। यह भी दिल में आया कि जो कुछ वह नहीं जानता जनाकर उसे दुःखी करने से क्या लाभ? यदि वह पूछेगा तो बता दिया जाएगा। इसी प्रकार मिसी से भी सब बातें बता देना कठिन लगने लगा। हां, उसने यह ज़रूर निश्चय किया कि अब वहां न जाएगा और पूछने पर ही सत्य प्रकट करेगा। किन्तु कतूशा से तो सब कुछ कहना ही होगा। 'मैं जेल में जाकर उसे सब कुछ बता दूंगा और उससे क्षमा मांगूंगा; आवश्यकता होने पर उससे विवाह भी करूंगा।' नैतिक दृष्टि से वह त्याग और उससे विवाह करने को तैयार है, इस भावना ने उसे बहुत कोमल बना दिया। उसने जायदाद की व्यवस्था भी अपने विश्वास के अनुसार ही करने का निश्चय किया। उसने गृहरक्षिका से कह दिया कि उसे इतने सामान की आवश्यकता नहीं है; वह सबको एकत्र करके रख दे, नताशा आने पर जैसा चाहेगी, करेगी। नताशा उसकी बहिन थी।

जब वह आज अदालत की ओर जा रहा था तो सब कुछ उसे नया लग रहा था। कल मिसी से विवाह करना संभव लगता था; वहीं आज असंभव लग रहा था। वह समझ रहा था कि वह मिसी से विवाह तो क्या, घनिष्ठता के भी अयोग्य है। अब यह सब छोड़ उसे पहले मस्लोवा की अपील के सम्बन्ध में वकील से मिलना है। फिर उससे जाकर जेल में मिलना है और सब बातें कह देनी हैं।

कल्पना में अपने को उससे मिलकर क्षमा-प्रार्थना करते देख उसके सद्गुण जग पड़े और वह रोने लगा।

नेख्लुदोव अन्य जूररों के साथ आज फिर अदालत में बैठा। वही कलवाली प्रणाली फिर दोहराई गई। आज अदालत के सामने एक चोरी का मामला था। नंगी तलवारें लिए दो सिपाहियों के बीच एक दुबला, बैठे हुए सीनेवाला बीस साल का लड़का चोरी के जुर्म में पेश किया गया था; उसके मुंह पर रक्त की एक बूंद न थी; मुरझाया चेहरा लिए वह चुपचाप बैठा था। उसपर जुर्म लगाया गया था कि एकसाथ उसने एक छप्पर से ताला तोड़कर कुछ जीर्ण चटाइयां चुरा लीं जिनका दाम मुश्किल से साढ़े तीन रूबल के लगभग होगा। ने जुर्म का इकबाल

किया और जेल में ठूंस दिया गया। लड़के का दूसरा साथी जेल में ही मर गया था।

यद्यपि लड़के ने सब बातें बता दीं, फिर भी लम्बा-चौड़ा नाटक किया गया; गवाह पेश किए गए; जिरह हुई। पांच वर्ष से यह लड़का तमाखू के एक कारखाने में अपरेंटिस था। इस साल वहां हड़ताल हो गई जिसके बाद वह नौकरी से निकाल दिया गया; कई दिनों तक वह काम की खोज में शहर में घूमता रहा। जो कुछ उसके पास था वह खत्म हो गया। किसी सराय में उसे अपने जैसा एक और आदमी मिल गया जो बेकार था, और जिसे शराब पीने की लत लग चुकी थी। एक रात दोनों ने शराब पीने के बाद यह चोरी की; ताला तोड़कर चटाइयां उठा ले गए। साथी जेल में ही मर गया; अब इस लड़के को ऐसा खतरनाक प्राणी मानकर दण्ड के लिए अदालत में उपस्थित किया गया है जिससे समाज की रक्षा करनी ही होगी। नेख्लुदोव सोचने लगा, 'कल की अपराधिनी महिला की भांति ही यह भी खतरनाक है! ये खतरनाक हैं और इन-पर फैसला देनेवाले हम? मेरी ओर देखो—एक नारीशीलहर्ता और कायर। पर हम खतरनाक नहीं हैं। किन्तु यदि मान भी लें कि यहां बैठे हुए सब लोगों में वही सबसे खतरनाक है तो पकड़े जाने पर सामान्य बोध की दृष्टि से, उसके साथ क्या व्यवहार किया जाना चाहिए? स्पष्ट है कि वह कोई पेशेवर अपराधी नहीं है, एक मामूली लड़का है और हर आदमी देख सकता है कि जो कुछ है परिस्थिति के फलस्वरूप है, इसलिए ऐसे लड़कों को गलत रास्ते पर जाने से बचाने के लिए उन सामाजिक परिस्थितियों को बदलना चाहिए जो इन अभागे प्राणियों का निर्माण करती हैं। पर हम क्या करते हैं? जो हाथ लगे उन्हें पकड़ लेते हैं, यह जानते हुए कि इनके जैसे हज़ारों हैं जो पकड़े नहीं गए। पकड़कर उन्हें जेल भेज देते हैं जहां उनपर बेकारी या आलसीपन लाद दिया जाता है और यह सब सार्वजनिक धन व्यय करके किया जाता है। किन्तु हम उन स्थितियों को बदलने के लिए कुछ नहीं करते जिनके कारण ऐसे लोग पैदा होते हैं; उलटे हम ऐसी संस्थाओं का समर्थन करते और उन्हें सहायता देते हैं जहां उनका निर्माण होता है। ऐसी संस्थाएं सबको मालूम हैं—कारखाने, मिलें, सरायें, शराबखाने, चकले आदि। हम इन्हें नष्ट नहीं करते बल्कि इन्हें आवश्यक समझ इनकी सहायता करते और इनका नियंत्रण करते हैं। इस तरह हम एक-दो नहीं, लाखों को जर्म सिखाते हैं और फिर उनमें से एक को पकड़कर समझते हैं कि हमने कुछ काम किया

है।···इतने के लिए हम कितना बड़ा नाटक रचते हैं; इतने बड़े-बड़े भवन, ऐसे फर्नीचर, आदमी, वर्दियां, सिपाही और अधिकारी! ऐसे भयानक व्यय का शतांश भी यदि हम इन निष्कासितों की सहायता में खर्च करते, या इनकी गरीबी पर दया करके इनकी कुछ सहायता करते तो न जाने क्या हो जाता। या बारह घण्टे कारखाने में काम करने के बाद भी जब वह मदिरा की एक घूंट के लिए मद्यशाला में जा रहा होता तब कोई उससे प्रेम से कहता, 'वान्या, मत जाओ, यह अच्छा नहीं होगा' तो शायद वह न जाता, न बुरी बाते सीखता, न गलत काम करता।

'परन्तु नहीं, अपरेंटिस के रूप में काम करते समय जानवरों की ज़िन्दगी बिताते समय कोई दयालु उसके पास नहीं फटका। वह अपने साथियों से चोरी, शराबखोरी, प्रतिहिंसा, मार-पीट की ही बातें सुनता रहा; उसका दुर्बल शरीर अस्वास्थ्यकर श्रम, मद्यपान, भ्रष्टता के कारण विकृत होता गया और निरर्थक इधर-उधर घूमते हुए वह एक छप्पर में घुसकर ऐसी चीजें उठा ले गया जिसे कोई रखना न चाहेगा। ···तो हम विलास में पले, शिक्षित आदमी, सुन्दर कपड़े पहने या बढ़िया वर्दियां डाटे, मर्यादापूर्ण वातावरण में उस अभागे बच्चे का मखौल उड़ाने के लिए एकत्र हुए हैं—हम, जो स्वयं ही उसके विनाश के कारण हैं।···भयानक! क्या निर्दयता एवं बीभत्सता इसके भी आगे जा सकती हैं?'

पहली छुट्टी होते ही नेख्लुदोव उठ खड़ा हुआ और बाहर निकलकर निश्चय किया कि वह अब इस प्रहसन में भाग नहीं लेगा। बाहर निकलकर वह प्रधान अभियोजक के पास गया और बोला, "मैं जूरर हूं, मेरा नाम नेख्लुदोव है। मैं बन्दिनी मस्लोवा से मिलना चाहता हूं। कल उसका मुकदमा हुआ था। उसे अन्यायपूर्वक दण्ड दिया गया है; वह निर्दोष है। मुझे उससे जल्दी से जल्दी मिलना है।···मैंने उसका शील भंग किया था और आज जिस करुण अवस्था में वह है उसका कारण मैं ही हूं।···मैं सफल होऊं या नहीं, उसकी सज़ा को बदलने का इरादा रखता हूं···मैं उसके साथ जाऊंगा, उससे विवाह करूंगा।"

"आपका अनुरोध असाधारण है। अच्छा, मैं प्रवेशपत्र लिख देता हूं।" उन्होंने एक प्रवेशपत्र लिखा और नेख्लुदोव को दे दिया। नेख्लुदोव ने कहा, "मैं अब जूरी पर भी नहीं बैठूंगा। क्योंकि मैं सम्पूर्ण अपराध-निर्णय को न केवल निरर्थक वरन् अनैतिक समझता हूं।" इस प्रकार की

घोषणा पर चकित होकर अभियोजक ने कहा, "अभियोजक के रूप में मैं इस दृष्टि-बिन्दु से सहमत नहीं हो सकता; इसके लिए नियमानुसार आपको अदालत से निवेदन करना चाहिए।"

"मुझे जो कुछ कहना था, कह दिया; अब मैं कहीं आवेदनपत्र न दूंगा।" कहकर नेख्लुदोव कमरे के बाहर हो गया। सब लोगों ने समझा कि उसका सिर फिर गया है।

अभियोजक के यहां से नेख्लुदोव सीधे जेल गया; वहां उसे मालूम हुआ कि मस्लोवा एक दूसरे अस्थायी कारागार में है। दोनों जेलों के बीच ज़्यादा फासला था पर उत्साह में नेख्लुदोव बढ़ता गया और जब वहां पहुंचा शाम हो चुकी थी। जेलर ने उसे बताया कि इंस्पेक्टर की आज्ञा के बिना वह उसे अन्दर नहीं जाने देगा। नेख्लुदोव इंस्पेक्टर के यहां गया। इंस्पेक्टर उस समय घर पर नहीं था।

नेख्लुदोव आफिस में जाकर सहायक से मिला। उसने इस समय बन्दिनी से उसे मिलाने में असमर्थता प्रकट की और कहा, "कल दस बजे आइए। उस समय भेंट की आम इजाज़त रहेगी। यदि इंस्पेक्टर चाहेंगे तो आप कार्यालय में ही बन्दिनी से भेंट कर सकेंगे।"

दो वर्ष से नेख्लुदोव ने डायरी लिखना छोड़ दिया था। आज उसने उसमें लिखा, "मैंने लड़कपन समझकर डायरी लिखना छोड़ दिया था परन्तु अब मुझे अनुभव हुआ कि यह लड़कपन नहीं अपनी आत्मा के साथ प्रत्येक प्राणी में निवास करनेवाले ईश्वर के साथ सान्निद्धय की स्थापना है। आज तक मैं सो रहा था; 28 अप्रैल को अदालत में केतूशा को देख जग गया। इसी लड़की को मैंने धोखा दिया था, यही आज बन्दिनी है—मेरे अपराध से उसकी यह दशा है।···मैंने निश्चय किया है कि उससे मिलूंगा, अपने दोष स्वीकार करूंगा और अपने पाप का प्रायश्चित्त करूंगा—चाहे विवाह करके ही क्यों न हो। ईश्वर, मेरी सहायता करे।"

उस रात मस्लोवा बड़ी देर तक जागती रही और तरह-तरह की बातें सोचती रही। उसने बहुतों के बारे में सोचा पर नेख्लुदोव की ज़रा भी याद उसे न आई। वह अपने बचपन एवं यौवन के दिनों की बिल्कुल याद नहीं करती थी। उसकी स्मृति बड़ी व्यथाजनक होती। वे स्मृतियां उसके हृदय की गहराई में दफना दी गई थीं। आज उसने

अदालत में उसे पहचाना भी नहीं था। उसने उसकी स्मृति उस रात को ही दफना दी थी जब वह सेना से लौटते समय अपनी मौसियों के पास उनके अनुरोध के बावजूद न रुककर वहां के स्टेशन से सीधे ही निकल गया था। कतूशा ने सुना तो स्टेशन जाकर उससे भेंट करने का इरादा किया। रात दो बजे गाड़ी उस स्टेशन से गुज़रती थी। जब सब महिलाएं सो गईं तो कतूशा ने रसोईदारिन की कन्या को राज़ी करके साथ लिया और दोनों ओढ़-ओढ़कर स्टेशन को चल दीं। रह-रहकर बूंदें पड़ने लगती थीं; रास्ता ऊबड़-खाबड़, चतुर्दिक् अंधकार। जब वे स्टेशन पहुंचीं, गाड़ी खड़ी थी और छूटने की दूसरी घंटी बज चुकी थी। प्लेटफार्म पर जल्दी-जल्दी चलती हुई कतूशा ने नेख्लुदोव को एक प्रथम श्रेणी के डब्बे की खिड़की पर दूसरे साथियों से कार्ड खेलते देखा; देखते ही कतूशा ने अपने ठिठुरे हाथों से खिड़की पर थपकी दी किन्तु इसी समय आखिरी घंटी बजी और गाड़ी धीरे-धीरे चल पड़ी। कतूशा ने पुनः थपकी दी; एक साथी और बाद में नेख्लुदोव ने खुद भी शीशा हटाकर खिड़की खोलने की चेष्टा की पर ट्रेन तब तक तेज़ हो चुकी थी; कतूशा प्लेटफार्म के छोर तक दौड़ती गई पर गाड़ी चली गई। फिर दोनों हाथों में सिर रखकर सिसकती रही। बेचारी छोटी लड़की उससे लिपटकर बोली, "कतूशा काकी, घर चलो।" कतूशा ने लड़की की बात पर ध्यान दिए बिना सोचा कि वह अगली गाड़ी के आगे कूद-कर जान दे देगी। किन्तु इसी समय उसके पेट का बच्चा सहसा डोल उठा; क्षण-भर में उसकी भावना बदल गई; आत्मप्रतिहिंसा का सारा विचार जाता रहा। वह शान्त हो गई, उठी, शाल ओढ़ लिया और घर चली गई। उसी रात से मानवीय एवं दैवी भलाई से उसका विश्वास उठ गया। उसने समझ लिया कि ईश्वरीय नियमों के विषय में जो कहा जाता है सब धोखा है। बाद के अनुभवों से उसका यह विश्वास और पक्का होता गया। औरतों ने उसे अपनी सेवा या रुपया कमाने का साधन बनाया। पुरुषों ने उसे भोग्या के रूप में देखा। संसार में कोई सुखोपभोग के सिवा और कुछ नहीं चाहता।···हर आदमी सिर्फ अपने लिए जी रहा है, और ईश्वर-सम्बन्धी सब बातें मिथ्या और प्रवंचना हैं।

रविवार को 5 बजे सुबह जब बरामदे में सीटी बजी और कोरा-ब्लेवा ने मस्लोवा को पुकारा तब वह जाग ही रही थी यद्यपि तब भी

उनींदी थी। 'मुजरिम!' मस्लोवा ने भय के साथ सोचा और कोठरी प्रातःकाल तक और दूषित हो गई। हवा में अजाने ही सांस लेते हुए रिक्तता के जगत् में खो जाने के लिए फिर से सोना चाहा किन्तु भय ने, जो उसकी आदत में शामिल हो चुका था, उसे सोने नहीं दिया। वस्त्र पहने सब स्त्रियां बरामदे में आकर दो-दो की पंक्ति में खड़ी होती गईं। और कोठरियों से भी वे आईं; पहले उनकी गिनती हुई; फिर आगे आगे-नारी जेलर, पीछे-पीछे वे गिर्जे की ओर चलीं। और गिर्जे के हाल में जाकर दाहिनी ओर खड़ी हो गईं। उनके बाद आदमी आए और बाईं ओर खड़े हुए; एक ओर आगे की तरफ साइबेरिया में जाकर दण्ड भोगनेवाले कैदी पांवों में बेड़ी पहने पहले से ही वहां मौजूद थे। थोड़ी देर में पुरोहित ने विचित्र और कष्टकर पोशाक पहने हुए उपासना आरंभ की। रोटी के छोटे-छोटे टुकड़े काटकर उन्हें मदिरा के एक पात्र में डाल दिया गया। फिर रूस की पुरानी स्लाव भाषा में पादरी ने प्रार्थनाएं पढ़ीं जिनमें सम्राट एवं उनके कुटुम्ब की कल्याण-कामना की गई थी। फिर उसने संत मार्क के उपदेश सुनाए जिसमें कहा गया था कि 'शव से पुनः जीवित होने के बाद ईसा ने स्वर्ग जाकर अपने पिता की दाहिनी ओर बैठने के पूर्व मेरी मेगडालेन तथा अपने ग्यारह शिष्यों को दर्शन दिया और उन्हें सारे संसार को सद्धर्म का उपदेश करने की आज्ञा दी। जो इसपर विश्वास नहीं करता वह नष्ट हो जाता है और जो विश्वास करता है उसके स्पर्श-मात्र से लोग अज्ञात विदेशी भाषाओं में बात करने लगते हैं, सांप पकड़ सकते हैं और विष पीने पर भी मरते नहीं, भले-चंगे बने रहते हैं।'

उपासना और प्रार्थना के बाद मान लिया गया कि रोटी के जो टुकड़े मदिरा-पात्र में भिगोकर रखे गए हैं वे ईश्वर के रक्त-मांस में परिवर्तित हो गए हैं। पुरोहित ने पत्र लेकर उन्हें निमंत्रित किया जो ईश्वर के रक्त-मांस को प्रसाद रूप में ग्रहण करना चाहते हैं। कुछ बच्चों ने उन्हें ग्रहण किया; शेष पर्दे के पीछे जाकर पुजारी ने स्वयं चट कर लिया। फिर ईसामसीह के प्रति प्रार्थना हुई। किसी प्रकार इन अभागे प्राणियों के उद्धार के लिए की गई ईसाई प्रार्थना खत्म हुई और वे पुनः अपने स्थान को चले गए।

परन्तु इंस्पेक्टर से लेकर मस्लोवा तक, उपस्थित लोगों में से किसी-में यह चेतना न थी कि जिस ईसा का नाम पुरोहित ने इतने सम्मान से बार-बार लिया उन्हींने उन बातों का निषेध किया है जिन्हें यहां किया

जा रहा है। उन्होंने न केवल रोटी और मदिरा के ऊपर किए जानेवाले इस निरर्थक एवं अपमानजनक मंत्रपाठ को निषिद्ध घोषित किया है वरन् स्पष्ट से स्पष्ट शब्दों में मनुष्यों को किसी दूसरे मनुष्य को अपना प्रभु मानकर मन्दिरों में पूजा करने से मना किया है। उन्होंने स्वयं कहा है कि मैं मन्दिरों को नष्ट करने आया हूं; उन्होंने एकान्त में प्रार्थना करने का आदेश किया है। उसे आचरण और सत्य में व्यक्त करने को कहा है। सबसे ज़्यादा उन्होंने दूसरों पर निर्णय देने, मनुष्यों को बंदी करने, दण्डित करने, फांसी देने और हर प्रकार की हिंसा का, जो यहां हो रही है, निषेध किया है। उपस्थित लोगों में से किसीने नहीं समझा कि जो कुछ वहां हो रहा है वह इन्हींका सबसे घोर अपमान और उनका उपहास है। जिन मानवों के जीवन के लिए वे आशा और आनन्द का संदेश ले आए थे, उन्हें ही निष्ठुरतम उत्पीड़न द्वारा इन्होंने ईसा की शिक्षाओं को पददलित कर दिया है।

नेख्लुदोव बहुत सुबह घर से बाहर निकल गया। आज रविवार होने से कारखाने के बंधन से मुक्त लोग अच्छे कपड़े पहने खुशी से इधर-ऊधर आ-जा रहे थे; कुछ गिर्जे को जा रहे थे। तांगा जेल से कुछ दूर पर रुक गया, जहां फाटक के सामने एक संतरी खड़ा था; बगल में बेंच पर जेलर बैठा एक नोटबुक हाथ में लिए था; आगन्तुक आते और उन बंदियों का नाम लिखाते जाते थे जिनसे उन्हें मिलना था। नेख्लुदोव ने भी केतेरिना मस्लोवा का नाम लिखवा दिया।

कुछ देर की प्रतीक्षा के बाद फाटक खुला और आगन्तुक एक-एक गिनकर अन्दर ले लिए गए। मिलन-कक्ष में चारों ओर शोर मचा हुआ था। तारों की जाली के पीछे बंदी खड़े थे, दूसरी ओर उनके माता-पिता, भाई, स्त्रियां, बहिनें, पुत्र थे जो ठीक तरह से उनका मुंह भी न देख सकते थे; चिल्लाकर बात करनी पड़ती थी; इससे इतना शोर होता था कि साफ साफ कुछ सुनाई न पड़ता था। पहरेदार अलग चारों ओर घूम रहे थे। नेख्लुदोव को आश्चर्य हुआ कि ऐसी दशा में रहते और मिलते हुए कोई अपमान अनुभव नहीं कर रहा था। नेख्लुदोव इस गर्हित स्थिति में बेचैन हो उठा। फिर उसे याद आया कि वह किसी उद्देश्य से यहां आया है। उसने एक अफसर से पूछा तब उसे मालूम हुआ कि यह बंदिनियों का कक्ष नहीं है। एक अधिकारी की कृपा से वह नारी-कक्ष में पहुंचा। यह पहले से छोटा था और यहां मिलनेवाले भी कम थे। वह धीरे-धीरे

देखता हुआ आगे बढ़ता गया। एक जगह एक तरुण किसान तारों की जाली पर खड़ा हुआ था और मुश्किल से अपने आंसू रोके हुए था। एक सुन्दरी, सुकेशी, ज्योतिर्मय नयनोंवाली बंदिनी उससे बातें कर रही थी। ये दोनों थ्यूडोसिया और उसके पति थे। नेख्लुदोव अन्त तक देख गया; मस्लोवाउनमें नहीं थी। इसी समय मैट्रन—अधीक्षिका—ने उससे पूछा कि वह किससे मिलना चाहता है। नाम बताते ही उसने पुकारा, "केतेरिना मस्लोवा, कोई तुमसे मिलने आया है।"

मस्लोवा जाली के पास आई और नेख्लुदोव की ओर चकित एवं प्रश्न-भरी दृष्टि से देखा, फिर यह देखकर कि वह सम्भ्रान्त व्यक्ति है, मुस्कराकर पूछा, "आप मुझे चाहते हैं?"

"मैं मिलना चाहता था······तुमसे······मिलना।" नेख्लुदोव धीरे-धीरे बोला; शोर में मस्लोवा को उसकी बात नहीं सुनाई पड़ी, परन्तु उसके चेहरे के रंग-ढंग से उसे उसकी याद आ गई। उसे अपनी आंखों पर विश्वास नहीं हो रहा था। उसके मुख से मुस्कान लुप्त हो गई और उसका स्थान गहरी वेदना ने ले लिया। उसने कहा, "जो कुछ आप कह रहे हैं मुझे सुनाई नहीं दे रहा है।" नेख्लुदोव ने सोचा, 'मैं अपने दोष स्वीकार करने जा रहा हूं' पर उसका गला रुंध गया, आंखों में आंसू आ गए। उसने दोनों हाथों से जाली पकड़ ली और अपने को संभाला; फिर कहा, "मुझे माफ कर दो; मैंने तुम्हारे साथ बड़ा अत्याचार किया है।" मस्लोवा ने अब इस दुखी आदमी को पूरी तरह पहचान लिया। नेख्लुदोव का गला फिर भर आया और वह ज़रा दूर जाकर अपनी रुलाई रोकने की चेष्टा करने लगा। इसी समय उस अधिकारी का ध्यान उसकी ओर गया जो उसे यहां तक पहुंचा गया था। उसने पास आकर पूछा, "आप बात क्यों नहीं कर रहे हैं?" नेख्लुदोव ने रूमाल से नाक एवं आंखें पोंछकर कहा, "जालियों के आर-पार तो कुछ सुनाई नहीं पड़ता, यहां बात करना मुश्किल है।" अफसर ने एक मिनट सोचा, "अच्छा, कुछ देर के लिए वह बाहर लाई जा सकती है।" यह कहकर उसने मैट्रन को आज्ञा दी और मिनट-भर बाद मस्लोवा बाहर आ गई। दोनों दीवार के पास लगी एक बेंच पर बैठ गए। नेख्लुदोव ने कहा, "मैं जानता हूं, तुम्हारे लिए मुझे क्षमा करना कठिन है, किन्तु यद्यपि मैं अतीत को समाप्त नहीं कर सकता पर अब जो कुछ मेरी शक्ति में है मैं करूंगा।" फिर पूछा, "तुम्हारा बच्चा था न?"

"ईश्वर का धन्यवाद है कि वह तुरन्त मर गया।···मैं स्वयं बीमार थी, मरते-मरते बची।"

"मेरी मौसियों ने तुम्हें क्यों जाने दिया?"

"बच्चेवाली नौकरानी कौन रखता है! पता चलते ही उन्होंने निकाल दिया। पर यह सब क्यों पूछते हैं? मैं यह सब भूल गई हूं; जो बीत गया, बीत गया।"

"नहीं, बीता नहीं। मैं अपने पाप का करूंगा।"

"प्रायश्चित्त और उद्धार की कोई बात नहीं, जो होना था हो गया।" मस्लोवा ने फिर कभी उसे देखने की आशा न की थी—विशेषतः यहां, इस रूप में! उसे पुरानी बातें याद आ गईं जब प्रेम की एक दुनिया उसके सामने खुली हुई थी, फिर इस आदमी की क्रूरता तथा उसके बाद आनेवाला निरन्तर अपमान का जीवन। तब भ्रष्ट जीवन का अंगीकार कर उसमें उन कटु स्मृतियों को डुबा देना। "वह सब खत्म हो गया। अब तो मैं बन्दिनी हूं और साइबेरिया जा रही हूं।" नेख्लुदोव ने कहा, "मैं जानता हूं और मुझे पूरा यकीन है कि तुम निर्दोष हो। मैं वकील से मिल चुका हूं और जो कुछ संभव होगा, सब करूंगा।"

"यदि दे सको···तो थोड़े पैसे दे दो···दस रूबल से ज़्यादा नहीं।" नेख्लुदोव ने अफसर की आंख बचाकर दे दिए पर सोचने लगा, 'यह औरत मर चुकी है···तुम इसके साथ कुछ नहीं कर सकते; सिर्फ अपने गले में एक पत्थर बांध रहे हो जो तुम्हें डुबाकर छोड़ेगा।' परन्तु फिर उसकी अन्तर्वाणी प्रबल हो गई और उसने कहा, "कतूशा, मैं तुमसे क्षमा मांगने आया हूं किन्तु तुमने कुछ उत्तर नहीं दिया। क्या तुमने क्षमा कर दिया? क्या कभी तुम मुझे क्षमा करोगी?"

"बड़ी विचित्र-सी बात कह रहे हैं आप?" उसने मुस्कान के साथ कहा पर नेख्लुदोव को लगा जैसे उस मुस्कान में घृणा भरी हो। उसने सोचा कि कतूशा के मन में विरोध की जो खाई पड़ गई है वह उसे अपना हृदय व्यक्त करने से रोक रही है। वह समझ गया कि उसे उसकी आत्मा जगानी पड़ेगी। कठिन कार्य था परन्तु इस कठिनाई ने ही उसे आकर्षित किया। ऐसा विचित्र आकर्षण उसे किसीके प्रति नहीं हुआ था; वह उससे अपने लिए कुछ नहीं चाहता था। बस इतना ही चाहता था कि कतूशा अपने वर्तमान रूप से कुछ और हो जाए, बदल जाए—वह हो जाए, जो किसी समय थी।

"कतूशा, ऐसा क्यों कहती हो? मैं तुम्हें जान गया हूं; तुम्हारी

याद करता हूं और पानोवो के उन दिनों की भी।"

"जो बीत गया है उसे याद करने से क्या लाभ?" बिना किसी भावना से उसने कहा।

"मैं उसे याद करता है इसलिए कि उसे ठीक करूं, अपने पाप का प्रायश्चित्त करूं, कतूशा!" आगे वह उससे विवाह की बात कहने जा रहा था कि उसके साथ चार आंखें होते ही रुक गया—उन आंखों में एक बीभत्सता, एक ऐसी दूर हटानेवाली चीज़ थी कि वह चुपहो गया। इसी समय अधिकारी ने आकर कहा कि समय हो गया। नेख्लुदोव ने कहा कि मैं फिर आऊंगा। उसने हाथ बढ़ा दिया पर दबाया नहीं। नेख्लुदोव बाहर आ गया।

इस पहली भेंट के पूर्व नेख्लुदोव सोचता था कि जब वह उसे देखेगी और उसकी इच्छा जान लेगी तो प्रसन्न और प्रभावित होगी और पुनः अपने होश में आ जाएगी किन्तु उसे मालूम हुआ कि जिस लड़की से वह परिचित था उसका अस्तित्व अब नहीं रह गया; उसकी जगह मस्लोवा आ गई है। इससे उसे आश्चर्य हुआ और चोट लगी। सबसे आश्चर्य उसे यह देखकर हुआ कि कतूशा को अपनी स्थिति पर कोई लज्जा नहीं है—बन्दिनी के रूप में नहीं, वेश्या के रूप में वह उससे सन्तुष्ट, बल्कि अंशतः गर्वित है।

लोग समझते हैं कि चोर, खूनी, जासूस, वेश्या, अपने पेशे को बुरा बताते हुए उससे लज्जित होते हैं। परन्तु सत्य इसके विपरीत है। भाग्य, पाप या गलती के कारण जो एक स्थिति में आ जाते हैं वे जीवन का ऐसा दृष्टिकोण बना लेते हैं कि उन्हें वही स्थिति ठीक लगने लगती है। इसीलिए वे अपने ही ढंग के लोगों के साथ रहते हैं। हमें आश्चर्य इसलिए होता है कि हम उस घेरे के बाहर हैं जिनमें वे रहते हैं। पर क्या यही दृश्य हमें तब नहीं दिखाई देता जब धनिक अपने उस धन की डींग मारता है जो चोरी है; सेनानायक अपनी विजयों पर गर्व करते हैं जो केवल हत्या है; उच्च पदों के लोग अपने पद पर घमंड करते हैं जो हिंसा है? हम इनकी जीवन-दृष्टियों में कोई विकृति नहीं देखते—केवल इसीलिए कि इनकी परिधि बड़ी है और हम भी उसीके अन्दर चक्कर लगा रहे हैं। मस्लोवा ने भी जीवन का अपना दृष्टिकोण बना लिया था और अपनी स्थिति से सन्तुष्ट बल्कि गर्वित थी। इस दृष्टि-कोण के अनुसार समस्त पुरुषों का कल्याण किसी आकर्षक महिला से

यौन सम्बन्ध रखने में है। वह सबको ऐसा ही देखती थी और चूंकि उसके रूपवती होने के कारण लोग उसकी ओर आकर्षित होते थे इसलिए अपनी इस शक्ति एवं स्थिति पर उसे गर्व था। पिछले दस वर्षों में नेख्लुदोव से बूढ़े पुलिस अफसर तक, जिसके भी सम्पर्क में वह आई उसने देखा—सब उसे इसी रूप में चाहते हैं। ऐसे आदमियों से उसका परिचय ही न हो पाया जो इस स्थिति से दूर थे। इसलिए उसकी दृष्टि में दुनिया ऐसे ही आदमियों से बनी हुई थी जो उसका भोग करने के लिए हर तरह की प्रवंचना, हिंसा, क्रयशक्ति और चार सौ बीस का प्रयोग करते हैं।

इसीलए वह नेख्लुदोव को उस आदमी के रूप में नहीं देख पाती है, जिसे उसने एक दिन अपने पवित्र प्रेम का अर्घ्य दिया था; इस समय वह केवल एक धनवान व्यक्ति है जिसका दूसरे धनवान व्यक्तियों की भांति उसे उपयोग कर लेना चाहिए।

निश्चित तिथि को नेख्लुदोव वकील फनारिन से मिला। फनारिन ने उसे वह नोट पढ़कर सुनाया, जो उसने सिनेट से अपील करने के हेतु लिखा था। नेख्लुदोव ने पूछा, "क्या सिनेट उस गलती का शोधन कर देगी जो हुई है?"

फनारिन—यह इसपर निर्भर है कि उस समय कौन न्याय-समिति की अध्यक्षता करता है। मैंने जो कुछ सम्भव था अपील में लिख दिया है और मुझे सफलता की आशा है। आप कुछ सदस्यों को जानते हों तो उनपर अपना प्रभाव डालें।

नेख्लुदोव—हां, मैं कुछ को जानता हूं।...एक बात और; अभियोजक ने इस बन्दिनी से जेल में मिलने के लिए मुझे एक पास दिया था किन्तु वहां के लोग कहते हैं कि मुझे गवर्नर से भी आज्ञा लेनी चाहिए, क्या यह आवश्यक है?

फनारिन—हां। परन्तु गवर्नर बाहर गए हुए हैं। उनका काम सहायक गवर्नर देख रहा है और वह ऐसा मूर्ख है कि शायद ही आप उससे पार पाएं।

नेख्लुदोव—मस्लेन्निकोव तो नहीं? उससे मैं परिचित हूं।

फना०—हां, वही है।

इसके बाद नेख्लुदोव ने सहायक से अपील ली, फीस दी और चला गया।

प्रातःकालीन चाय-नाश्ते के समय जेल की हर कोठरी में बन्दी बैठे परस्पर चर्चा कर रहे थे। चर्चा का मुख्य विषय था—दो बन्दियों को लगनेवाले बेंत। इनमें वासीलीव नाम का सुशिक्षित तरुण था जिसने अपनी प्रेमिका को ईर्ष्या के झोंके से मार डाला था। वह बड़ा प्रसन्न चित्त और उदार था, इसलिए सारे बन्दी उसे मानते थे। वह उनका पक्ष लेता और जेल-अधिकारियों के कानून का पालन करने पर ज़ोर देता था जिससे वे उससे नाराज रहते थे। तीन हफ्ते पहले जेलर ने एक भंगी को उसकी वर्दी पर शोरबा टपका देने के कारण मारा। वासीलीव ने भंगी का पक्ष लिया और कहा कि जेलर को मारने का अधिकार नहीं। इसपर दोनों में हाथा-पाई हो गई। जेलर की शिकायत पर इंस्पेक्टर ने उसे काल कोठरी में रखने की सज़ा दी। कोठरी गंदी, सीलन-भरी और चूहों से पूर्ण थी। कैदी को फर्श पर ही बैठना-सोना पड़ता था, चूहे उसका खाना तक खा जाते थे। वासीलीव ने अन्दर जाने से इंकार किया। इसपर भी झगड़ा हुआ। गवर्नर से इस अवज्ञा की शिकायत की गई और उसने तीस बेंत की सज़ा दी। एक दूसरे कैदी को भी यही दण्ड दिया गया था। आज दोनों को बेंत लगनेवाले थे।

कोराब्लेवा, खोरोशेवका, थ्यूडोसिया और मस्लोवा चारों एकत्र चाय पी रही थीं। उनके अनुरोध पर मस्लोवा ने वादा किया कि वह नेख्लुदोव से चर्चा करेगी। वह उसके लिए कुछ भी कर सकता है।

चाय पीकर वे अपने सीने-पिरोने के काम में लग गईं। मस्लोवा अपनी बेंच पर सुस्त बैठी रही। वह लेटने के फेर में थी कि मेट्रन ने आकर कहा, "आफिस में चलो, कोई तुमसे मिलने आया है।" मेनशोवा ने कहा, "हमारी बात कहना न भूलना।" मस्लोवा बोली, "मैं ज़रूर कहूंगी।" इसके बाद उसने आधा प्याला वोदका फिर पी लिया और कपड़े ठीक करके जेलर के साथ आगन्तुक से मिलने आफिस चली गई।

आफिस के ऊपर एक कमरे में बैठे इंस्पेक्टर और नेख्लुदोव बातें कर रहे थे। इंस्पेक्टर कह रहा था कि बड़ा कठिन काम है उसका। वह आज बड़ा निराश और दुःखी मालूम पड़ता था। नेख्लुदोव ने कहा, "निश्चय ही किसी दयालु हृदय व्यक्ति के लिए यह कठिन काम है। आप ऐसा क्यों कर रहे हैं?"

"मुझे एक कुटुम्ब का पालन जो करना है····"

"किन्तु कठोर कर्म जो है।"

"फिर भी यहां रहकर मनुष्य कुछ भलाई तो कर ही सकता है। मेरी जगह दूसरा आदमी बिल्कुल दूसरे ढंग से काम करेगा। यहां दो हज़ार से अधिक कैदी हैं और उनको लेकर कितनी ही समस्याएं खड़ी होती रहती हैं।···आखिर वे भी तो आदमी हैं; कोई उनपर दया किए बिना नहीं रह सकता।···" इसी समय मस्लोवा आ गई और बोली, "आप कैसे हैं?" फिर हंसते हुए हाथ मिलाया। नेख्लुदोव ने कहा, "मैं अपील तुम्हारे हस्ताक्षर के लिए लाया हूं।" फिर इंस्पेक्टर से पूछा, "क्या वह यहां हस्ताक्षर कर सकती है?"

"ठीक है, ठीक है। बैठ जाओ।" इंस्पेक्टर ने कहा। मस्लोवा बैठ गई। नेख्लुदोव ने कागज़ फैलाकर बताया कि कहां उसे हस्ताक्षर करना है। हस्ताक्षर करने के बाद उसने पूछा, "बस?"

"नहीं, अभी तुमसे कुछ कहना है।" नेख्लुदोव ने कहा। मस्लोवा बोली, "कहिए।" इंस्पेक्टर सुनते ही उठकर बाहर चला गया।

मस्लोवा टेबल की दूसरी ओर सामने बैठी थी। आज पहली बार नेख्लुदोव ने उसे अच्छी तरह देखा—मुख और आंखों के पास झुर्रियां पड़ने लगी हैं। पलकें सूज रही हैं। उसे बड़ी करुणा हुई। टेबल पर झुककर उसने कहा, "यदि यह आवेदन भी असफल हुआ तो हम सम्राट से अपील करेंगे। जो भी संभव है मैं सब कुछ करूंगा।"

"यदि हमारे पक्ष में शुरू में ही कोई अच्छा वकील होता तो नक्शा कुछ और होता।···हां, मैं आपसे कुछ कहना चाहती हूं। यहां एक बुढ़िया है। बड़ी अच्छी है। वह और उसका लड़का निर्दोष है फिर भी उन्हें जेल में डाल दिया गया है। उसका नाम मेंशोव है। क्या आप उनसे मिलेंगे? वे बड़े अच्छे हैं। कृपया उनके लिए कुछ करें।" और उसने आंखें झुका लीं।

"मैं पता लगाऊंगा। परन्तु मैं अपने बारे में कह रहा था कि मुझे क्षमा कर दो।"

"उससे क्या फायदा है? क्षमा, क्षमा, क्या लाभ···"

"केवल शब्दों से नहीं आचरण से, अपने पाप के प्रायश्चित्त के लिए मैंने तुमसे विवाह करने का निश्चय किया है।" नेख्लुदोव के ये शब्द सुनते ही मस्लोवा के चेहरे पर सहसा भय का भाव फैल गया। "किस-लिए?"

"मैं समझता हूं कि ईश्वर के सम्मुख ऐसा करना मेरा कर्तव्य है।"

"अच्छा, अब तुमने किस ईश्वर को पा लिया है? उसी समय तुम्हें ईश्वर का स्मरण करना था।" उसके मुंह से मदिरा की गंध आकर फैल गई। उसकी उत्तेजना का कारण समझते हुए नेख्लुदोव ने कहा, "शान्त होने की चेष्टा करो।"

"क्यों होऊं मैं शान्त? मैं अपराधिनी हूं, तुम भद्रजन हो, राजकुमार हो। मुझे छूकर तुम्हें अपवित्र होने की ज़रूरत नहीं है। तुम अपनी राजकुमारियों के पास जाओ; मेरी कीमत तो केवल दस रूबल है।"

"तुम चाहे जितनी निर्दयता से बोलो, तुम्हारे प्रति मैं अपने को जितना अपराधी पाता हूं तुम कल्पना नहीं कर सकतीं।"

"अपराधी?" उसने उपहास करते हुए क्रोधपूर्वक कहा, "तुमने तब नहीं अनुभव किया? बल्कि मेरे सामने सौ रूबल फेंककर चले गए। यही थी न तुम्हारी निगाह में मेरी कीमत?"

"जानता हूं, जानता हूं, किन्तु अब क्या करना है? मैंने निश्चय किया है कि तुम्हें न छोड़ूंगा; जो कहा है, करूंगा।"

"नहीं, यह न कर सकोगे। मैं अपराधिनी हूं; तुम राजकुमार। यहां तुम्हारी ज़रूरत नहीं। तुमने इस जीवन में मुझसे सुख भोगा और अब मेरे द्वारा ही अपना भावी जन्म सफल करना चाहते हो! तुम घृणाजनक हो, तुम्हारा चश्मा और यह सारा गन्दा, मोटा चेहरा। चले जाओ।" वह चीखकर उठ खड़ी हुई। जेलर जो थोड़ी दूरी पर बैठा था, आ गया, बोला, "यह कैसी उत्तेजना है? उसे होश-हवास में बात करना चाहिए।" नेख्लुदोव की प्रार्थना पर वह फिर हट गया। मस्लोवा फिर बैठ गई। नेख्लुदोव ने पूछा, "तुम्हें मेरा विश्वास नहीं है?"

"मुझसे विवाह करने का? यह कभी नहीं हो सकता। मैं फांसी लगा लूंगी। मैं तुमसे कुछ नहीं चाहती। हाय, मैं उसी समय मर क्यों न गई!" और वह करुण स्वर में रोने लगी। जेलर ने आकर कहा, "समय हो गया।" मस्लोवा उठ खड़ी हुई।

"इस समय तुम उत्तेजित हो। संभव हुआ तो मैं कल फिर आऊंगा। तुम सोचना।"

बिना उत्तर दिए वह जेलर के पीछे-पीछे चली गई।

आज नेख़्लुदोव ने समझा कि उसने इस लड़की की आत्मा के साथ क्या किया है? इससे उसे अपने पाप की गहराई का भी कुछ अनुमान

हुआ। अब वह उसे छोड़ेगा नहीं, परन्तु उनके सम्बन्धों का क्या नतीजा निकलेगा, इसकी वह कल्पना नहीं कर सकता। वह उठकर जा ही रहा था कि एक जेलर ने लाकर उसे एक लिफाफा दिया और कहा, "एक राजनीतिक बन्दिनी ने भेजा है। जेल के नियम के विरुद्ध होते हुए भी दयावश मैंने उसका पत्र आप तक पहुंचाने का वचन दे दिया था।" नेख्लुदोव ने लिफाफा खोलकर पत्र पढ़ा। वीरा दुखोवा नामक बन्दिनी उससे मिलना चाहती थी। उसे याद आ गया कि बहुत दिन हुए जब वह शिकार में गया था, डेरे के मालिक ने इस लड़की से उसे मिलाया था। वह अध्यापिका थी; आगे पढ़ना चाहती थी पर उसके पास साधन न थे। नेख्लुदोव ने उसे कुछ रकम दी थी।

दूसरे दिन नेख्लुदोव जल्दी से उठा और सहायक गवर्नर मेस्लेन्निकोव से मस्लोवा एवं मेंशोव से मिलते रहने का अनुमति-पत्र लेने गया। वीरा दुखोवा से भेंट की अनुमति भी लेनी थी। नेख्लुदोव और मेस्लेन्निकोव एक ही रेजीमेंट में साथ-साथ थे। नेख्लुदोव ने अपना अभिप्राय बताया। मेस्लेन्निकोव ने निम्नलिखित अनुमति-पत्र लिखकर उसे दे दिया, "पत्रवाहक प्रिंस आइवानोविच नेख्लुदोव को जेल-कार्यालय में मेशचंका मस्लोवा तथा चिकित्सा-सहायिका दुखोवा से मिलने की अनुमति दी जाती है।" फिर कहा, "गुरुवार को मेरी पत्नी का प्रीतिभोज हैं; मैं उससे कह दूंगा, तुम आओगे।"

वहां से नेख्लुदोव सीधा जेल में इंस्पेक्टर के यहां गया और सहायक गवर्नर का अनुज्ञापत्र दिखाकर मस्लोवा से मिलने की इच्छा प्रकट की। इंस्पेक्टर ने कहा, "आज मस्लोवा से मिलना सुविधाजनक न होगा। यह आपको ही दोष है। आपने कल उसे पैसे दिए, जिससे उसने गहरी वोद को चढ़ा ली। आज खूब मदोन्मत्त थी। मैंने उसे एकान्त कोठरी में रख दिया है। वैसे वह शान्त स्त्री है। कृपया उसे पैसे न दिया करें···।"

"और दुखोवा, राजनीतिक, बन्दिनी? क्या मैं उससे मिल सकता हूं?"

"हां, यदि आप चाहते हैं।"

दोनों जेल के अन्दर गए। मालूम हुआ कि दुखोवा टावर में है। इंस्पेक्टर ने कहा, "कुछ समय लगेगा।" नेख्लुदोव ने पूछा, "क्या तब तक मैं मेंशोव मां-बेटे से मिल सकता हूं?"

इंस्पेक्टर ने उन्हें बुलाने की आज्ञा दी किन्तु नेख्लुदोव को उनसे कोठरी में जाकर मिलना अधिक दिलचस्प मालूम पड़ा। इसलिए इंस्पेक्टर ने अपने सहायक को उसके साथ कर दिया। सहायक तरुण था। उसने रास्ते में पूछा, "हमारे संस्थान के प्रति आपकी दिलचस्पी है?"

"हां, फिर मैं एक ऐसे निर्दोष मनुष्य की सहायता करना अपना कर्तव्य भी समझता हूं जिसे यहां कैद रखा गया है।'' गलियारे में चलते हुए सामने खड़े जेलर से इंस्पेक्टर के सहायक ने पूछा, "मेंशोव कहां है?"

"बाईं ओर की आठवीं कोठरी में।

नेख्लुदोव मेंशोव की कोठरी के पास गया। कोठरी खोल दी गई। लम्बी गर्दन, सुविकसित पुट्ठों, छोटा सिर और गोल दयार्द्र नयनोंवाला एक तरुण शय्या के पास खड़ा था। उसकी दयार्द्र गोल आंखों ने नेख्लुदोव को विशेष रूप से आकर्षित किया। सहायक इंस्पेक्टर ने कहा, "ये सज्जन तुम्हारे केस के विषय में कुछ पूछने आए हैं।"

मेंशोव खिड़की के पास आकर अपनी कथा कहने लगा। सहायक इंस्पेक्टर जब कुछ आदेश देने बाहर बरामदे में गया तो उसने और आत्मविश्वास के साथ अपनी बात कहना शुरू कर दिया। गांव का सरायवाला युवक की पत्नी को भगा ले गया था। युवक ने हर तरह से न्याय पाने की कोशिश की किन्तु सरायवाले ने हर जगह रिश्वत देकर काम निकाला और छूटता गया। एक बार युवक ज़बर्दस्ती अपनी स्त्री को उठा लाया किन्तु दूसरे दिन वह भाग गई। वह फिर उसे मांगने आया; वह देख चुका था कि औरत अन्दर है किन्तु सरायवाले ने कहा—वह वहां नहीं है और उससे चले जाने को कहा। वह नहीं गया, इसलिए सरायवाले और उसके नौकर ने उसे इतना मारा कि खून बहने लगा। दूसरे दिन सराय में आग लग गई। युवक और उसकी मां पर आग लगाने का आरोप लगाया गया, यद्यपि वह उस समय एक मित्र के पास गया हुआ था। "मेरे दिमाग में आग लगाने की कल्पना भी नहीं आई; उसने स्वयं आग लगाई होगी; लोग कहते हैं कि सराय का बीमा था।···ईश्वर मेरा साक्षी है कि जो मैं कह रहा हूं सत्य है।···मैं अकारण यहां मर रहा हूं।"

"अच्छा, मैं किसी अच्छे वकील से सलाह करूंगा और जो भी बन

पड़ेगा, करूंगा," कहकर नेख्लुदोव बाहर चला आया।

चौड़े गलियारे से (भोजन का समय होने के कारण कोठरियों के दरवाज़े खुले हुए थे) बन्दियों के बीच लौटते हुए जो बड़ी उत्सुकता के साथ उसकी ओर देख रहे थे, नेख्लुदोव ने उन लोगों के आचरण पर सहानुभूति, बीभत्सता और परेशानी के विचित्र मिश्रण का अनुभव किया जो इन्हें यहां रखे हुए थे। कारण न जानते हुए भी उसे ऐसा लगा कि इन सब बातों पर ऐसी शान्ति के साथ विचार करने में उसे अपने ऊपर शर्म आनी चाहिए थी। एक और गलियारे से जाते समय कुछ लोग उसके सामने रास्ते में आकर खड़े हो गए, सलाम किया और कहने लगे कि, "हमारा मामला तय करा दीजिए। यहां हम लोग बिना किसी बात के कष्ट पा रहे हैं।"

"क्यों?"

"क्यों? यह हम स्वयं नहीं जानते किन्तु लगभग दो महीने से यहां बैठे हैं।"

अब तक लगभग चालीस आदमी वहां एकत्र हो गए थे। एक बोला, "हमारे पास पासपोर्ट थे पर दो हफ्ते पहले उनका समय समाप्त हो गया था। ऐसा हर साल होता था; खत्म होने के बाद हम उन्हें फिर से बनवा लिया करते थे। कोई एतराज नहीं करता था पर इस साल हमें गिरफ्तार करके जेल में डाल दिया गया जैसे हम अपराधी हों। हम सब राज हैं। हमारे सूबे का बन्दीगृह जल गया, यह हमारा तो कोई दोष है नहीं। कृपया हमारी मदद कीजिए।"

"क्या ऐसी बात भी सम्भव है?"

सहायक इंस्पेक्टर ने कहा, "हां, इन्हें छोड़ दिया जाना और इनके घर भेज दिया जाना चाहिए था परन्तु जान पड़ता है यह केस अधिकारी भूल गए हैं या और कोई कारण हो।"

नेख्लुदोव के आफिस में पहुंचते ही व्यस्त इंस्पेक्टर को याद आ गया कि दुखोवा को बुलाना वह भूल गया है। उसने कहा, "कृपया बैठिए, मैं अभी उसे बुलवाता हूं।"

आफिस में दो कमरे थे। एक कमरे में लगभग बीस स्त्री-पुरुष होंगे जो दो-दो, तीन-तीन के दल में धीरे-धीरे एक-दूसरे से बात कर रहे थे। जहां नेख्लुदोव और इंस्पेक्टर बैठे थे उनसे थोड़ी ही दूर पर सफेद बालों-

वाली एक स्त्री बैठी क्षयग्रस्त-से दीख रहे युवक से बात करने की चेष्टा कर रही थी। बार-बार उसकी आंखों में आंसू भर आते थे और उसकी बात अधूरी रह जाती थी। उन्हींके पास एक पाटलवर्णी, आयतलोचना तरुणी खड़ी थी। वह रोती मां की पीठ सहला रही थी। इस लड़की का सब कुछ सुन्दर था किन्तु उसकी दयालु, सचाई से भरी आंखें तो बड़ी ही सुन्दर थीं। नेख्लुदोव ने जब कमरे में प्रवेश किया तब उसने एक बार उसे देखा किन्तु तुरन्त मां के कान में कुछ कहकर आंखें झुका लीं। थोड़ी देर में एक बच्चा आकर नेख्लुदोव से पूछने लगा, "तुम किसकी प्रतीक्षा कर रहे हो?" पहले नेख्लुदोव चकित हो गया, फिर बोला, "एक महिला की।" लड़के ने पूछा, "क्या वह तुम्हारी बहन है?" नेख्लुदोव ने कहा, "नहीं, पर तुम यहां किसके साथ हो?" बच्चे ने कहा, "मां के। वह राजनीतिक बन्दिनी हैं।" इंस्पेक्टर ने पुकारकर कहा, "मेरी पावलोव्ना, कोल्या को ले जाओ।" लड़की आई और बच्चे को लेकर लौट गई। नेख्लुदोव ने इंस्पेक्टर से पूछा, "यह बच्चा किसका है?" इंस्पेक्टर ने कहा, "उसकी मां राजनीतिक बन्दिनी है और यह जेल में ही पैदा हुआ था। अब मां के साथ ही साइबेरिया जा रहा है।"

"और वह तरुण लड़की?"

"मैं यह सब बता नहीं सकता ''वहां। वह दुखोवा आ गई।"

अपनी बड़ी बड़ी दयालु आखों से नेख्लुदोव को देखते और हाथ मिलाते हुए वीरा दुखोवा ने कहा, "धन्यवाद कि आप आए? क्या आपको मेरी याद है? आइए, बैठें।"

"मैंने तुम्हें इस रूप में देखने की आशा न की थी।"

"ओह! मैं खूब प्रसन्न हूं; सब ठीक है।" इसके बाद नेख्लुदोव के पूछने पर वीरा ने अपनी कहानी सुनाई और क्रान्तिकारी आंदोलन (नोरोदोवोल्तसी) के अनेक रहस्य बताए। जिस काम के लिए वीरा ने नेख्लुदोव को बुलवाया था, वह यह था, "मेरे साथ शुस्तोवा नाम की एक लड़की, मेरी संस्था की सदस्या न होते हुए भी, पांच मास पूर्व इसलिए पकड़ ली गई थी कि उसके पास कुछ जब्त पुस्तकें निकली थीं। तब से वह पेत्रोपावोलोव्सकी किले में बन्द है। वह बेचारी जानती भी न थी, उसे ये पुस्तकें रख लेने को दी गई थीं। उसकी गिरफ्तारी मेरे दोष से हुई है। आप कृपया अपने प्रभाव का उपयोग कर उसे मुक्त

करा दें। मेरा एक और मित्र गोरकेविच भी उसी किले में बन्द है। वह केवल अपने माता-पिता से मिलना चाहता है और अपने अध्ययन के लिए कुछ वैज्ञानिक पुस्तकें चाहता है।···जहां तक मेरा सवाल है। धात्री-विद्या का अध्ययन समाप्त करने के बाद मैं इस आंदोलन में पड़ गई और गिरफ्तार कर ली गई। मुझे निर्वासन होगा। पर इससे क्या? मैं पूर्णतः सुखी हूं।" नेख्लुदोव के पूछने पर सुन्दरी लड़की मेरी पावलोव्ना के विषय में वीरा ने कहा, "एक सेनापति की कन्या है और बहुत दिनों से क्रांतिकारी आंदोलन से सम्बद्ध रही है। एक बार की बात है कि वह कुछ षड्यंत्रकारियों के साथ एक मकान में रहती थी जिसमें उन लोगों ने एक गुप्त छापाखाना अपना साहित्य छापने के लिए चला रखा था। पुलिस ने छापा मारा। रोशनी गुल करके उन लोगों ने गैर कानूनी प्रमाण नष्ट कर देने का प्रयत्न किया। पुलिस दरवाज़ा तोड़कर घुसने लगी। संघर्ष हुआ। षड्यंत्रकारियों ने गोली चला दी। एक सिपाही घायल होकर मर गया। वे पकड़े गए तो इस लड़की ने अपराध अपने ऊपर लेकर कह दिया कि उसने सिपाही पर गोली चलाई—यद्यपि उसने कभी अपने हाथ में रिवाल्वर नहीं लिया था। सज़ा पाकर साइ-बेरिया जा रही है।···हां, एक बात और। आप मस्लोवा को राजनीतिक बंदियों के अहाते में या फिर सेवा के लिए अस्पताल में भेजवाने का प्रयत्न करें।"

इसी समय इन्स्पेक्टर ने कहा, "समय हो गया है, अब लोगों को विदा होना चाहिए।" इस घोषणा के होते ही लोग आपस में और जल्दी-जल्दी बातें करने लगे। कुछ विदाई में रोने लगे। कुछ खड़े-खड़े बातें करने लगे, कुछ बैठे ही रहे। मां और क्षयग्रस्त पुत्र का दृश्य बड़ा करुण था। लड़का मां के भावावेश से अपनी रक्षा करने की चेष्टा में हाथ में लिए कागज़ को मोड़ता जा रहा था और मां समय समाप्त हो जाने की बात सुन उसके कंधे पर सिर रख ज़ोर-ज़ोर से रो रही थी। इन्स्पेक्टर ने फिर जोर से कहा, "आप लोग मुझे सख्ती के लिए मजबूर न करें। समय हो गया; जाइए।" इसपर लोग धीरे-धीरे विदा होने लगे। नेख्लु-दोव भी उठ खड़ा हुआ। इन्स्पेक्टर ने आकर कहा, "यदि आप मस्लोवा से मिलना चाहें तो कृपया कल आइए।"

"बहुत अच्छा," कहकर नेख्लुदोव जल्दी-जल्दी बाहर आ गया।

दूसरे दिन नेख्लुदोव फनारिन से मिला और मेंशोव का मामला अपने हाथ में लेने की प्रार्थना की। फनारिन ने विचार कर निर्णय देने को कहा और यह भी कहा कि यदि बातें ठीक होंगी तो मैं बिना कोई फीस लिए उनकी वकालत करूंगा।

फनारिन के यहां से वह सहायक गवर्नर मस्लेन्निकोव के यहां गया। आज मस्लेन्निकोव की पत्नी का प्रीतिभोज था, जिसमें वह निमंत्रित था। मस्लेन्निकोव ने बड़े प्रेम से उसका स्वागत किया। वह आज बहुत खुश था और खींचते हुए नेख्लुदोव को ऊपर ले जाकर कहा, "काम-काज की बात बाद में होगी; जो तुम कहोगे सब मैं कर दूंगा।" मस्लेन्निकोव की पत्नी ने भी मुस्कराते हुए उसका स्वागत किया और इस तरह बात-चीत की, मानो दोनों में बड़ी मित्रता रही हो। हाल में काफी संभ्रांत स्त्री-पुरुष उपस्थित थे। मिसी भी थी और अपने परिधान में बड़ी आकर्षक लग रही थी।

मस्लेन्निकोव की पत्नी अन्ना इग्नेतीव्ना अपने भोज की सफलता से अत्यन्त प्रफुल्ल थी। वह नेख्लुदोव से बोली, "मीका (पति) ने मुझे बताया है कि आप बंदियों के कार्य में व्यस्त हैं। मीका में और जो दोष हों पर वे बड़े दयालु हैं। अभागे बंदियों को पुत्र-तुल्य मानते हैं।" कुछ देर बातें करके नेख्लुदोव मस्लेन्निकोव के पास जाकर बोला, "अब तुम मुझे कुछ मिनट दे सकते हो?"

"हां, हां।" दोनों एक छोटी बैठक में जाकर खिड़की के पास बैठ गए।

"मैं पुनः उसी स्त्री के विषय में तुम्हारे पास आया हूं और तुमसे अनुरोध करता हूं कि उसे जेल के अस्पताल में सेवा करने के लिए नियुक्त कर दो। मुझे मालूम हुआ है कि ऐसा हो सक़ता है। अस्पताल में अनेक बीमार हैं और सहायता की ज़रूरत है।"

"हां, हां। मैं तुम्हें कल तक सूचित कर दूंगा कि क्या हो सकता है।"

इसके बाद पासपोर्ट की मीयाद खत्म हो जाने के कारण जेल में पड़े एक सौ तीस बन्दियों की बात नेख्लुदोव ने कही। मस्लेन्निकोव ने यह काम भी करने को कहा। फिर उसे खींचता हुआ अन्दर चला गया।

दूसरे दिन नेख्लुदोव को मस्लेन्निकोव का पत्र मिला कि जेल के डाक्टर को दिया गया है कि वह मस्लोवा को अस्पताल में ले ले।

मानव-समाज में यह अन्धविश्वास बहुत प्रचलित है कि प्रत्येक मनुष्य की अपनी निजी विशेषताएं होती हैं—एक आदमी दयालु, निर्दय, बुद्धिमान, मूर्ख, कर्मण्य या आलसी होता है। परन्तु यह मिथ्या है। मनुष्य ऐसे नहीं होते। हां, हम यह कह सकते हैं कि अमुक आदमी निर्दय की अपेक्षा अक्सर दयालु दिखाई पड़ता है, अमुक प्रायः मूर्ख की अपेक्षा बुद्धिमान दीखता है इत्यादि। फिर भी हम मानव-समाज का उसी गलत रूप में वर्गीकरण करते जाते हैं। मानव नदी जैसा है। सबमें वही जल है; सब एक-सी हैं पर सभी नदियां कहीं संकरी, कहीं तेज़, कहीं चौड़ी, कहीं धीमी, कहीं साफ, कहीं गंदली, कहीं ठंडी, कहीं गर्म होती हैं। आदमियों के सम्बन्ध में भी यही बात है; हर आदमी में हर मानवीय गुण के बीजाणु होते हैं; कभी एक गुण, कभी दूसरे के बीजाणु विकसित होते हैं और मनुष्य अन्दर से वही होते हुए भी अपने में असमान हो जाता है। कुछ में ये परिवर्तन बड़ी तेजी से होते हैं। नेख्लुदोव ऐसा ही आदमी था। ये परिवर्तन भौतिक एवं आध्यात्मिक कारणों से होते रहते थे। इस समय भी उसमें ऐसा ही एक परिवर्तन हो रहा था। मुकदमे तथा कतूशा की प्रथम भेंट के समय उसने नवजीवन की विजय और आनन्द का जो अनुभव किया था वह समाप्त हो गया था और पिछली भेंट के बाद भय एवं उदासी ने उसका स्थान ले लिया था। उसे न छोड़ने और उससे विवाह करने का उसका निश्चय तो कायम था किन्तु अब वह बड़ा कठिन लगता था और उसे पीड़ित कर रहा था।

दूसरे दिन जेल में जाकर नेख्लुदोव मस्लोवा से मिला। उसकी बातों के कारण गवर्नर ने जेल में अधिक सावधानी बर्ती जाने की ताकीद कर दी थी। इसलिए आज भेंट आफिस में नहीं, स्त्रियों से मिलने के कमरे में हुई। मस्लोवाने आते ही कहा, "मुझे क्षमा कीजिए, मैंने परसों आपसे बड़े तैश में बातें की थीं। परन्तु चाहे जैसे हो मुझे छोड़ दीजिए।" किंचित् क्रुद्ध दृष्टि से देखते हुए उसने फिर कहा, "आप मुझे छोड़ दें, बिलकुल छोड़ दें।" उसके होंठ कांप उठे; एक क्षण वह चुप रही। फिर बोली, "यदि आप न मानेंगे तो मैं फांसी लगा लूंगी।"

नेख्लुदोव ने अनुभव किया कि इस अस्वीकृति में घृणा और क्षमा-रहित विरक्ति है, किन्तु कुछ मंगलकारी तत्त्व भी हैं। पूर्व की ठंडी अस्वीकृति की इस सच्ची पुष्टि से उसके प्रति उसकी गहरी, विजयिनी भावना पुनः उभर आई। वह बोला, "कतूशा, जो मैं कह चुका हूं, उसे फिर दोहराता हूं। मैं तुमसे प्रार्थना करता हूं कि मुझसे ब्याह करो।

यदि तुम नहीं चाहतीं या जब तक तुम नहीं चाहतीं, मैं तुम्हारा अनुसरण करता रहूंगा और तुम जहां जाओगी, जाऊंगा।"

"तुम जानो। मैंऔर कुछ न कहूंगी।" और उसके होंठ फिर कांपने लगे। नेख्लुदोव भी थोड़ी देर चुप रहा। फिर बोला, "मैं पहले देश, फिर पीटर्सबर्ग जा रहा हूं। तुम्हारे मामले पर पुनर्विचार हो, इसकी पूरी कोशिश करूंगा। ईश्वर की कृपा से सजा मंसूख होगी।"

"न भी मंसूख हो तो चिन्ता न करना। मैं इसी की पात्रा थी—यदि इस मामले में नहीं तो और दृष्टि से।" नेख्लुदोव ने देखा कि मस्लोवा के लिए आंसू रोकना कठिन हो रहा है। वह बोली, "आपने मेंशोव को देखा, वे निर्दोष हैं, हैं न?"

"मैं भी ऐसा ही सोचता हूं।"

"और अस्पताल की बात? आप चाहते हैं तो मैं जाऊंगी और अब कभी शराब न पिऊंगी।" नेख्लुदोव ने उसकी ओर देखा। उसकी आंखें मुस्करा रही थीं—'अब वह बिलकुल और प्राणी है।' उसने अनुभव किया कि सचमुच प्रेम अजेय और सर्वविजयी है।

द्वितीय भाग

इस बात की संभावना थी कि मस्लोवा का मामला सिनेट के सामने आने में दो हफ्ते लग जाएंगे, इसलिए पीटर्सबर्ग जाकर उसके लिए ज़ोर लगाने और आवश्यक होने पर सम्राट से अपील करने के लिए अभी कुछ समय था। इस बीच नेख्लुदोव ने अपनी ज़मीन-जायदाद का बन्दोबस्त कर डालने का निश्चय किया। पहले काली मिट्टीवाले भूभाग काउसमिंस्की की ज़मींदारी की व्यवस्था के लिए उसने वहां की यात्रा की। जब वह छात्र था उसे हेनरी ज्यार्ज के सिद्धांत निजी भूस्वामित्व के अन्याय्य होने पर पूर्ण विश्वास था और उसने पिता से प्राप्त ज़मींदारी किसानों में बांट भी दी थी किन्तु सेना में नियुक्त होने के बाद बीस हज़ार रूबल वार्षिक व्यय की आदत डालने के कारण अब वे सब बातें इतनी अनिवार्य नहीं प्रतीत होती थीं बल्कि बहुतेरे निश्चय विस्मृति के गर्भ में विलीन हो चुके थे। अब वह यह नहीं पूछता था कि मां इतना अधिक जो धन उसके पास भेजती रहती है वह कहां से आता है, बल्कि वह इसके सम्बन्ध में सोचने से भागता था। किन्तु मां की मृत्यु के बाद जब स्वयं

उसपर सम्पत्ति की व्यवस्था का भार आ पड़ा तो निजी सम्पत्ति के सम्बन्ध में उसकी अपनी स्थिति क्या है यह सवाल फिर उसके सामने उठ खड़ा हुआ। एक महीना पहले शायद वह यह उत्तर देकर छूट जाता कि वर्तमान समाज-व्यवस्था को बदलने की शक्ति उसमें नहीं है किन्तु अब वह उस व्यवस्था को बदलने का निश्चय कर चुका था। इसीलिए उसने जर्मन मैनेजर को आने का तार भी नहीं दिया और जितनी सादगी से संभव हो सकता था, काउसमिंस्की जा पहुंचा। रास्ते में गाड़ीवान से उसे किसानों की दयनीय अवस्था और मैनेजर की शाही जीवन-प्रणाली और रुपया बटोरने की भी जानकारी हुई। ज़मींदारी पर पहुंचकर उसने हिसाब-किताब देखा। पता चला कि किसानों की जोत में जो ज़मीन हैं भी वह निहायत निकम्मी और अनुत्पादक है; अच्छी ज़मीन तो सब ज़मींदार की ही जोत में है। 'मुझे कोई भूसम्पत्ति नहीं रखनी चाहिए; यदि नहीं रखता हूं तो फार्म और मकान भी न रख सकूंगा। फिर मैं साइबेरिया जा रहा हूं तब मकान और फार्म की ज़रूरत ही क्या है।' तब मन में एक दूसरी आवाज़ उठी, 'ठीक है परन्तु साइबेरिया में तुम ज़िन्दगी-भर तो रहोगे नहीं; शायद तुम्हारा विवाह हो, बच्चे हों। उन्हें जायदाद ज़्यादा अच्छे रूप में नहीं तो कम से कम उसी रूप में तुम्हें हस्तान्तरित कर देनी चाहिए जिस रूप में वह मिली है। फिर धरती के प्रति भी तुम्हारा कर्तव्य है; किसानों को बांट देने से वह और खराब हो जाएँगी।' वह जितना ही सोचता उतना ही उलझता जाता है। तब उसने सोचा, 'अभी सो जाओ। कल सोचना।' सोने पर भी वह सपने देखता रहा; मस्लोवा कह रही है, 'तुम राजकुमार हो, मैं अपराधिनी हूं।' फिर उसने मन को दृढ़ करने का निश्चय किया और सो गया।

नेख्लुदोव दूसरे दिन सुबह देर से नौ बजे उठा। जब उसे बताया गया कि किसान आने लगे हैं तो वह तुरन्त बिस्तरे से कूद पड़ा। प्रातः-कृत्य समाप्त करते-करते मैनेजर ने आकर कहा, "सब एकत्र हो गए हैं पर आप जब तक नाश्ता और चाय या कॉफी ले लें तब तक ठहर सकते हैं।" नेख्लुदोव ने कहा, "नहीं, मुझे तुरन्त जाकर उनसे मिलना होगा।" किसानों से जो बात करनी है उसीपर उसे लज्जा और संकोच हो रहा था। वह उनकी इच्छा पूर्ण करने जा रहा है—वह इच्छा जिसकी पूर्ति की उन्हें आशा भी न होगी—बहुत थोड़े लगान पर ज़मीन

का पट्टा; फिर भी उसे शर्म आ रही थी। वहां पहुंचने पर वह बहुत देर तक कुछ बोल भी न सका। तब मैनेजर ने बताया कि राजकुमार आप लोगों पर कृपा करके ज़मीन आपको थोड़े लगान पर देना चाहते हैं, यद्यपि आप लोग इसके योग्य नहीं हैं।

नेख्लुदोव ने एक दर बताई और यद्यपि वह निकटवर्ती इलाकों में प्रचलित दर से बहुत कम थी किन्तु स्वभावानुसार किसानों ने उसे बहुत ऊंची बताकर सौदेबाज़ी शुरू कर दी। नेख्लुदोव स्पष्ट देख रहा था कि उसका प्रस्ताव किसानों के हक में बहुत अच्छा और लाभदायक है, इसलिए उसे आशा थी कि किसान उसे प्रसन्नतापूर्वक स्वीकार करेंगे किन्तु उनका रुख देखकर उसे आश्चर्य हुआ। यह सवाल भी पैदा हुआ कि भूमि सारा ग्रामसमाज ग्रहण करेगा या कोई विशेष संस्था बनाई जाएगी। बहुत देर तक बहस-मुबाहिसा चलता रहा, अन्त में मैनेजर के समझाने-बुझाने पर रकम और शर्तें तय हो गईं। किसान शोर-गुल मचाते अपने गांव गए और नेख्लुदोव तथा मैनेजर शर्तनामा लिखने के लिए अपने कार्यालय में गए। सब कुछ नेख्लुदोव की इच्छा एवं आशा के अनुसार तय हो गया। किसानों को ज़िले में प्रचलित दर से तीस सैकड़ा कम पर भूमि मिली; लगान की आमदनी घटकर आधी हो गई, फिर भी नेख्लुदोव देख रहा था कि किसान ऊपर से धन्यवाद देते हैं परन्तु अन्दर से सन्तुष्ट नहीं हैं। इतना घाटा उठाने पर भी गुनाह बेलज़्ज़तवाली बात हुई। दूसरे दिन शर्तनामे पर हस्ताक्षर हो गए और नेख्लुदोव वहां से विदा हो गया किन्तु कारण स्पष्ट न होने पर भी वह अपने प्रति असन्तोष और लज्जा का अनुभव कर रहा था।

काउसमिंस्की से नेख्लुदोव अपनी मौसियों से उत्तराधिकार में प्राप्त ज़मींदारी पनोवो गया। यह वही स्थान था जहां कतूशा से उसकी पहली भेंट हुई थी। अब यह स्थान उजड़-सा रहा था; मकान बाहर से भोंडा और जीर्ण हो गया था। नेख्लुदोव खिड़की के पास बैठा दूर-दूर तक निहारता रहा। जब प्रबन्धक ने उससे पूछा कि वह खाना कितने बजे खाएगा तो वह बोला, "जब भी खिलाओगे। मुझे भूख नहीं है। मैं ज़रा गांव में घूमना चाहता हूं। हां, क्या तुम मेत्रोना खैरिना नाम की किसी स्त्री को यहां जानते हो?" यह कतूशा की मौसी थी!

"हां, वह गांव में शराब बेचती है। मैंने उसे बहुत मना किया किन्तु नहीं मानती। पर इसके लिए उसे गांव से निकाल देना निष्ठुरता होगी।

मैं साथ चलकर बता देता हूं।"

"नहीं, मैं खोज लूंगा। मैं किसानों की एक सभा बुलाना चाहता हूं। उनसे कह दो कि मैं ज़मीन के बारे में उनसे कुछ बातचीत करूंगा।" वह चाहता था कि जैसा समझौता काउसमिंस्की में हो चुका है वैसा यहां भी हो जाए, जल्द से जल्द, इसी शाम तक।

नेख्लुदोव जब गांव में से गुज़र रहा था, एक बूढ़े ने उससे पूछा, "आप मालकिनों के भांजे हैं न? आपका स्वागत है। हम लोगों की दशा देखने आए हैं?"

"हां, आप लोगों का क्या हाल-चाल है?"

"हाल-चाल? हाल-चाल बहुत बुरा है। हमारा जीवन ही क्या है? इससे बुरे की कल्पना क्या की जा सकती है?" कहते हुए वह अपने छप्परदार ओसारे की ओर बढ़ा। नेख्लुदोव भी उसके पीछे गया। बूढ़ा कहने लगा, "हमारे परिवार में बारह व्यक्ति हैं। कोई ऐसा महीना नहीं जाता कि हमें छः 'पूड' (लगभग 18 सेर) अन्न खरीदने को विवश न होना पड़ता हो और उसके लिए पैसा कहां है?"

"क्या तुम्हारा अपना अनाज काफी नहीं होता?"

घृणामिश्रित मुस्कान के साथ बूढ़े ने कहा, "अपना? हमारे पास तो सिर्फ तीन आदमियों की गुज़र-बसर करने भर के लिए जमीन है। पिछले साल तो बड़े दिन तक भी हमारा अन्न नहीं चल सका।···मुझे मजूरी करनी पड़ी; उधार भी लेना पड़ा। तब भी अभी तक लगान नहीं दिया जा सका।···'मालिक! ऐसा जीवन! हम नहीं जानते कि हम जी कैसे रहे हैं!"

फिर नेख्लुदोव ने अन्दर जाकर उसका घर देखा। लड़कियां अधनंगी थीं इसलिए इधर-उधर हट गईं। बच्चे चिथड़े लपेटे इधर-उधर खड़े हो गए। गृहिणी चूल्हे के पास खड़ी थी। बूढ़े ने कहा, "मालिक हमारी दशा देखने आए हैं।" गृहिणी ने स्वागत करते हुए कहा, "देख लीजिए, जैसे हम रहते हैं। रूखी-सूखी रोटी, आलू वगैरा आधापेट खाकर दिन बिता देते हैं।"

उनकी नंगी गरीबी, भूख और अभाव से त्रस्त जीवन को देख नेख्लुदोव को बड़ी लज्जा हुई और बड़े दुखी चित्त से वहां से वह विदा हुआ। फिर वह मेत्रोना खैरिना से मिलने गया; दो बच्चे साथ-साथ रास्ता दिखाते चले।

नेख्लुदोव को बच्चों से घुलने-मिलने में देर न लगी। वे बातें करते हुए चले। नेख्लुदोव ने पूछा, "क्या तुम लोग बता सकते हो कि यहां सबसे गरीब कौन हैं?"

"सबसे गरीब? मिखैल गरीब है, फिर साइमन मैक्रोव है। पर मर्था बड़ी गरीब है।" एक ने कहा।

"और अनीसिया, वह इनसे भी गरीब है। उसके पास एक गाय तक नहीं है। वे लोग भीख मांगकर गुज़र करते हैं।" फेडका ने कहा। इसपर बड़ा बच्चा चमककर बोला, "गाय ज़रूर नहीं है पर वे लोग तीन ही आदमी हैं जबकि मर्था के यहां पांच हैं। ठीक है कि अनीसिया विधवा है परन्तु मर्था भी विधवा ही के समान है। उसका पति जेल में पड़ा सड़ रहा है।"

"और यह मेत्रोना? क्या वह भी गरीब है?"

"नहीं। वह शराब बेचती है।"

मेत्रोना के घर पहुंचकर नेख्लुदोव ने बच्चों को बाहर छोड़कर घर में प्रवेश किया। चूल्हे के पीछे ही एक खाट पड़ी थी। नेख्लुदोव के मन में आया—इसी खाट पर कतूशा ने बच्चे को जन्म दिया होगा, और फिर बीमार के रूप में पड़ी रही होगी।···फिर एकान्त में बुढ़िया को ले जाकर नेख्लुदोव ने पूछा, "तुम्हें कतूशा मस्लोवा की याद है?"

"केतेरिना? हां, वह तो हमारी भांजी ही है; उसकी याद क्यों न होगी? उसके लिए मैंने न जाने कितने आंसू बहाए हैं। मैं उसके विषय में सब कुछ जानती हूं। कौन है जो ईश्वर के सामने पाप से रहित है? हमें ज्ञात है कि जवानी कैसी होती है; अभी तुम दोनों साथ-साथ चाय पी रहे हो, कि क्षण-भर में शैतान तुमपर सवार हो जाता है। जब तुमने उसे एकदम छोड़ दिया···। नहीं, नहीं, तुमने तो 100 रूबल उसे दिए थे। यदि वह मेरा कहना मानती तो सब कुछ ठीक हो जाता।"

"मैं उस शिशु के विषय में जानना चाहता हूं। यहीं तो जन्म हुआ था? वह कहां है?"

"प्रसव के बाद वह इतनी बीमार पड़ गई थी कि बचने की कोई अशा न थी। उसके पास पैसे तो थे ही, इसलिए मैंने बच्चे को शिशु-पालन गृह में भेज दिया। पर वह वहां मर गया। बच्चा बड़ा सुन्दर था, हूबहू तुम्हारे जैसा था भैया।"

नेख्लुदोव बुढ़िया से इतना ही जान सका।

बाहर आने पर दोनों बच्चे फिर साथ हो गए। कुछ स्त्री-पुरुष और भी जमा हो गए थे। इनमें एक कृशकाय स्त्री गोद में अपने कंकाल-स्वरूप बच्चे को लिए खड़ी थी। पूछने पर साथ के बच्चे ने बताया कि यही अनीसिया है। नेख्लुदोव ने अनीसिया से पूछा, "तुम्हारी जीविका कैसे चलती है?" वह बोली, "जीविका? मैं तो भीख मांगती हूं।" और रोने लगी। नेख्लुदोव ने जेब से निकालकर उसे दस रूबल दिए। यह देख एक-दो-तीन कई स्त्रियां आ गईं और सभी अपना दुखड़ा रोने लगीं। नेख्लुदोव ने थोड़ा-थोड़ा करके साठ रूबल दे दिए। और वहां से बड़ा ही दुःखी होकर ठिकाने पर लौटा। लौटकर वह सोचने लगा, 'लोग तिल-तिल करके मर रहे हैं। वे मृत्यु के उपक्रम के अभ्यस्त हो गए हैं। उनकी आदतें भी तदनुकूल बन गई हैं। बच्चे काल-कवलित हो जाते हैं, स्त्रियां शक्ति से अधिक काम करने के कारण क्षय का ग्रास हो रही हैं; भर पेट खाना किसीको नसीब नहीं है। बूढ़ों का भी पेट नहीं भरता। इसलिए धीरे-धीरे लोगों की यह दुर्गति हो गई है; अब तो वह इसे अनुभव भी नहीं कर पाते हैं। इसलिए शिकायत भी नहीं करते बल्कि इसी स्थिति को स्वाभाविक समझ बैठे हैं। वह समझ गया कि जो धरती इनका पेट भरती वह इनसे ज़मींदारों द्वारा छीन ली गई है। बच्चे और बूढ़े इसलिए मर रहे हैं कि उन्हें दूध नहीं मिलता। दूध कैसे हो, जब गोचर भूमि नहीं रही, गायों के लिए चारा नहीं रहा; धरती किसानों के पास नहीं रही; वह उनके हाथ चली गई जो इन किसानों की कमाई पर गुलछर्रे उड़ाते हैं। यह भयानक स्थिति है और आगे न चलनी चाहिए। इसको बदलने का साधन खोजना ही पड़ेगा।'

नेख्लुदोव के मन में छात्र-जीवन में पढ़े हुए हेनरी ज्यार्ज का वह सिद्धान्त पुनः जग उठा कि भूमि किसीकी सम्पत्ति नहीं हो सकती; जैसे जल, वायु और धूप बेची नहीं जा सकती वैसे ही भूमि खरीदी-बेची नहीं जा सकती। उसे इस बात पर बड़ी शर्म आई कि जो भूमि वस्तुतः, न्यायतः, उसकी नहीं है उसे देने का अभिनय करके वह धोखा दे रहा है। अब उसने निश्चय किया कि किसानों को ज़मीन लगान पर देगा और लगान से जो आमदनी होगी वह भी उन्हींकी सम्पत्ति रहेगी। 'काउस-मिंस्की में भी मैं व्यवस्था बदल दूंगा।' भोजन के समय उसने व्यवस्थापक से कहा, "मैं ज़मीन पर से अपना स्वामित्व बिल्कुल ही छोड़ रहा हूं।"

गांव के चौधरी के मकान के सामने के मैदान में किसान एकत्र हुए।

यहां के किसानों की हालत काउसमिंस्की की अपेक्षा कहीं ज़्यादा खराब थी। नेख्लुदोव ने उनके सामने अपना विचार रखा और कहा, "मैं भूमि तुम लोगों को देना चाहता हूं क्योंकि मेरा विश्वास है कि हर आदमी को ज़मीन का उपयोग करने का प्राकृतिक अधिकार है।" फिर उसने समझाया कि वे जो लगान तय करेंगे उसी पर उन्हें भूमि दे दी जाएगी। लगान से जो आमदनी होगी, सबमें बंट जाएगी। किन्तु उसकीइस सदाशयता को किसीने नहीं समझा, सब अविश्वास ही करते रहे जैसे वह उनको किसी जाल में फंसा रहा हो और लोग उसकी चालबाज़ी समझते हों। इतने दिनों तक दमित रहने के कारण उनके लिए यह समझना स्वाभाविक था कि हर आदमी में अपने हित एवं स्वार्थ की रक्षा करने की प्राकृतिक वृत्ति है। कई पीढ़ियों का अनुभव उनके इस विश्वास की पुष्टि करता था कि ज़मींदार सदा अपना हित देखते हैं इसलिए यदि कोई ज़मींदार उन्हें बुलाकार उनके सामने कोई नया प्रस्ताव रखता है तो निश्चय ही यह उनको अच्छी तरह लूटने के लिए ही होगा। किसानों ने उसके प्रस्ताव का विरोध किया और कहा कि इससे अच्छा तो वर्तमान प्रचलित प्रणाली ही है। हां, वे इतना ज़रूर चाहते हैं कि बीज का प्रबन्ध उनके लिए ज़मींदार की ओर से हो। नेख्लुदोव ने उनसे कहा, "कल तक आप लोग अच्छी तरह सोच लीजिए, मैं एकाध दिन यहां हूं।" पर वे यही कहते रहे कि सोचने की क्या बात है, ज़मीन आपकी है, आप जो चाहें कीजिए। नेख्लुदोव डेरे पर लौट आया।

डेरे पर लौटने के बाद प्रबन्धक ने उसे समझाया, "सभा में एकसाथ इनसे बातचीत से कोई लाभ न होगा।" तब तय हुआ कि इनमें से कुछ चुने लोगों को कल यहां बुलाया जाए।

रात को चांदनी फैल गई। नेख्लुदोव को नींद नहीं आ रही थी। वह बैठा कितनी ही बातें सोचता रहा। उसे आज की देखी हुई सब बातें याद आने लगीं। वे गरीब स्त्रियां, वे दुर्बल, मौत के साये में पल रहे बच्चे, वे अनन्त काल से पीड़ित किसान। काउसमिंस्की में उसे जिन सवालों ने परेशान कर रखा था वे सब 'किन्तु-परन्तु' आज हवा में उड़ गए थे। सब कुछ सरल हो गया था, इसलिए कि वह अब किसी स्वार्थमय परिणाम की बात नहीं सोच रहा था, केवल अपने कर्तव्य को देख रहा था। वह यह तो नहीं सोच पा रहा था कि उसे अपनेतईं क्या करना है पर उसके सामने अब यह स्पष्ट था कि उसे दूसरों के लिए क्या करना है।

क्या परिणाम होगा, यह वह नहीं जानता किन्तु इतना जानता है कि उसे यही करना है, यही करना चाहिए। इस निश्चय से उसका हृदय आनन्दमग्न हो गया।

फिर वह सोचने लगा, 'हमारे जीवन का क्या प्रयोजन है, इस सम्पूर्ण जीवन का? यह सब मुझे ज्ञात नहीं है। मेरी मौसियां किसलिए थीं? निकोलेंका क्यों मर गई? मैं क्यों जी रहा हूं? कतूशा से क्या प्रयोजन सिद्ध हुआ? और मेरी वह मूर्खता? फिर वह युद्ध? क्यों हुआ वह? फिर उसके बाद को मेरा वह निरर्थक जीवन क्यों था? इन सबको समझना, प्रभु की सम्पूर्ण इच्छा का रहस्य समझ लेना मेरे बूते की चीज़ नहीं किन्तु मेरे अन्तःकरण में लिखी उसकी इच्छा का पालन करना मेरे बस की बात है और उसकी पूर्ति करते हुए मेरा मन शांति से भर गया है।...हमें अपने को स्वामी नहीं सेवक समझना है। भूदान करके साइबेरिया जाना है—कीड़े, जोंक, धूल! सब सहन करना होगा।' सारी रात नेख्लुदोव यही सब सोचता रहा। सुबह के समय उसे झपकी आ गई।

दूसरे दिन सात चुने हुए आदमियों को प्रबन्धक ने बुलाया। नेख्लुदोव ने उन्हें अपनी बात समझानी शुरू की। उसने कहा, "मेरी धारणा के अनुसार ज़मीन न खरीदी जा सकती है न बेची जा सकती है। ऐसा होगा तो जिनके पास पैसा है वे सारी ज़मीन ले लेंगे।" किसानों ने उसकी बात समझी और हुंकारी भरी। नेख्लुदोव ने कहा, "इसीलिए ज़मीन पर अपना कब्ज़ा रखना मैं पाप समझता हूं और उसे दान करना चाहता हूं।...अब हमें उसका विभाजन करने का सर्वोत्तम तरीका ढूंढ़ना है।"

एक ने कहा, "हम सबमें बराबर बांट देंगे। इतना हर आदमी को।"

नेख्लुदोव—तब गृह से सम्बद्ध नौकरों को भी हिस्सा मिलेगा? यदि सबको बराबर-बराबर बांट दोगे तो जो खुद खेतों में परिश्रम नहीं करते अपना हिस्सा धनिक को बेंच देंगे। फिर धनिक लोग ज़मीन के मालिक हो जाएंगे। उधर जो स्वयं श्रम करते हैं, बढ़ते जाएंगे और फिर ज़मीन की दिक्कत महसूस होगी। तब भूस्वामी धनिक के हाथ में ज़मीन चाहनेवाले किसान खेलने लगेंगे।

एक बोला, "तब ज़मीन सिर्फ उन्हें दो जो उसे जोतें-बोएं। बेचने

को निषिद्ध कर दो।" दूसरा बोला, "हम सबको मिलकर जुताई-बुवाई करनी चाहिए। जो काम करें उन्हें उपज में हिस्सा मिले, जो न करें उन्हें नहीं।"

नेख्लुदोव ने कहा, "इस व्यवस्था के लिए ज़रूरी होगा कि सबके पास हल हों और सबके घोड़े एक समान काम कर सकनेवाले हों। तब सब हल, घोड़े और औज़ार सारे गांव की सम्पत्ति होगे और इसके लिए सबको राज़ी होना होगा।"

एक बूढ़े ने कहा, "हमलोग सारी ज़िन्दगी में भी राज़ी न हो सकेंगे।"

नेख्लुदोव—फिर ज़मीन की अच्छाई-बुराई का भी सवाल है। क्या एक को काली और दूसरे को बलुई ज़मीन दी जाए?

"इस तरह बांटो कि सबको अच्छी और बुरी ज़मीन में एक-सा हिस्सा मिले।"

नेख्लुदोव—जब ज़मीन मुफ्त मिल रही हो तो बुरी ज़मीन कौन लेने लगा? इसलिए समस्या ऊपर से जितनी सरल लगती है उतनी सरल नहीं है। हेनरी ज्यार्ज नाम के एक अमेरिकन ने इसपर बड़ा विचार करके एक उपाय खोजा है। ज़मीन किसी आदमी की नहीं है; वह ईश्वर की है। सबका उसपर समान अधिकार है। पर हर आदमी अच्छी ज़मीन ही चाहेगा, तब भूमि के न्यायपूर्ण वितरण के लिए क्या किया जाए? यह कि जो आदमी अच्छी ज़मीन ले वह भूमिहीनों को उतनी ज़मीन की कीमत दे जितनी का वह उपयोग करता है। पर चूंकि इसका निर्णय करना कठिन है कि कौन किसे दे और चूंकि सामूहिक उपयोग के लिए ही धन की आवश्यकता है इसलिए जो अच्छी ज़मीन का उपयोग करता है वह अपनी ज़मीन की कीमत ग्राम-समाज को उसके उपयोग के लिए चुका दे। तब सब समान रूप से भाग पा सकेंगे। यदि तुम ज़मीन का उपयोग करना चाहते हो तो दाम दो—अच्छी ज़मीन का ज़्यादा, बुरी का कम। यदि तुम ज़मीन का उपयोग करना नहीं चाहते तो कुछ मत दो। जो ज़मीन का उपयोग करेंगे वे ही तुम्हारा टैक्स चुकाएंगे और ग्राम-समाज का खर्च देंगे।...कीमत न बहुत ज़्यादा होनी चाहिए, न बहुत कम। यदि बहुत ज़्यादा हुई और चुकाई न जा रुकी तो रुकी हानि होगी; यदि बहुत कम रही, तो खरीदी-बेची जा सकेगी और ज़मीन का व्यापार होने लगेगा।"

किसानों ने खुश होकर कहा, "यह तो बिलकुल उचित और न्यायपूर्ण बात है।"

नेख्लुदोव ने एक बार फिर अपना प्रस्ताव उन्हें समझाया और कहा कि वे शेष किसानों से बातचीत करके बताएं कि सबका क्या निश्चय है।

दो दिनों तक किसान आपस में बहस करते रहे। तीसरे दिन सबने नेख्लुदोव का प्रस्ताव मान लिया। शर्तनामे पर दोनों पक्षों के हस्ताक्षर हो गए।

नेख्लुदोव ने गरीबी का ऐसा नंगा नाच कभी न देखा था। वह इतना प्रभावित हुआ कि जंगल तथा जमींदारी की कोठी इत्यादि कौड़ियों के मोल बेच दी और जो धन मिला उसे मुक्तहस्त गरीबों में बांट दिया। काउसमिंस्की में उसे अपनी सम्पत्ति की हानि पर अन्दर ही अन्दर दुःख हुआ था किन्तु इस बार उसका हृदय मुक्ति के अद्भुत आनन्द से भर गया। एक नवीनता की अनुभूति उसके मन-प्राण में भर गई—उस पथिक की भांति जिसने एक नवीन देश का आविष्कार कर लिया हो।

जब नेख्लुदोव शहर लौटा तो एक नवीन प्रकाश से भर रहा था। घर जाकर उसने गृहरक्षिका अग्रफेना पेत्रोवना से कह दिया कि चीज़ों को समेटकर रख दो; उसकी बहिन आकर निर्णय करेगी कि क्या रखना है, क्या हटा देना है। खुद, उसने एक सामान्य होटल में चंद कमरे किराये पर ले लिए और ज़रूरी सामान के साथ वहां चला गया। वहां से फिर वह वकील फनारिन से मिलने गया।

अपनी चिन्ता में भूला होने कारण वह ओवरकोट लेना भूल गया। रास्ते में सर्दी लगने लगी। गर्म होने के लिए वह तेज़ी से चलने लगा। उसकी आंखों के सामने गरीब किसान, बीमार, दुर्बल स्त्रियां और लकड़ी-से रक्तहीन बच्चे नाचने लगे। छोटे-छोटे दुकानदारों एवं मज़दूरों को देख वह सोचने लगा कि भूमिहीन होने और भूखों मरने की नौबत आ जाने पर ही ये गांवों से नगर में भाग आए हैं और झूठ-सच बोलकर जीवन बिताने को बाध्य हैं।

नेख्लुदोव को देखते ही फनारिन ने मेंशोव के मामले में बातचीत शुरू कर दी। कहा, "यह केस अत्यन्त घृणाजनक है।...ज़्यादा संभावना इस बात की जान पड़ती है कि बीमे का रुपया पाने के उद्देश्य से स्वयं मालिक ने छप्पर में आग लगा दी हो। मेंशोव को अपराधी सिद्ध करनेवाला कोई प्रमाण नहीं है। यदि उनका मुकदमा गांव में न चलकर यहां चला तो मैं गारंटी करता है कि वे छूट जाएंगे और मैं एक पैसा

भी न लूंगा। थ्यूडोसिया बीरूकोव की अपील भी सम्राट के नाम तैयार है। यदि आप पीटर्सबर्ग जाते हों तो खुद ले जाकर इसे दाखिल करें और अपनी ओर से भी ज़ोर लगावें, अपील कमेटी के चंद सदस्यों से मिल लें।···और कोई बात?"

"हां, मुझे एक पत्र मिला है। यह विचित्र-सा मामला है। इसमें एक किसान को गांव के अन्य बन्धुओं के सामने बाइबिल पढ़कर सुनाने और उसपर चर्चा करने के आरोप में सज़ा दी गई है। क्या यह भी संभव है? क्या ऐसा भी कानून है जो अपने मित्रों के साथ बाइबिल पढ़ने के अपराध में किसीको साइबेरिया में निर्वासित कर सकता है?"

"निर्वासित ही नहीं कर सकता, कठोर श्रम का दण्ड भी दे सकता है—यदि वह अपनी बहस में यूनानी सनातन चर्च पर लोगों की उपस्थिति में टीका-टिप्पणी करता है! उसे साइबेरिया की खानों में भेजा जा सकता है। भैया, तुम तो तत्त्वज्ञान की बातें करते हो। यदि शनिवार को आओ तो इसके विषय में भी बातें होंगी। उस दिन बहुत-से साहित्यकार, कलाकार आदि मेरे घर आएंगे।"

"धन्यवाद। मैं प्रयत्न करूंगा," कहकर नेख्लुदोव चला गया।

बन्दीगृह दूर था और देर हो गई थी इसलिए नेख्लुदोव ने एक तांगा कर लिया। रास्ते में एक स्थान पर बहुत बड़ा भवन बन रहा था। मज़दूर काम में लगे थे। तांगेवाले ने बड़े गर्व से उसे दिखाया। नेख्लुदोव सोचने लगा, 'जब इनकी गर्भवती स्त्रियां अपने बूते से ज़्यादा श्रम करती होंगी, अधनंगे, भूखे बच्चे समय से पूर्व कब्र में जाने की तैयारी कर रहे होंगे तब ये किसी निरर्थक और दुष्ट व्यक्ति के लिए इतना बड़ा भवन बनाने में लगे हैं।' "हां, एक वाहियात मकान।"

"वाहियात क्यों? धन्यवाद दीजिए कि इसके कारण बहुत-से लोगों को काम मिल गया है। इससे आदमियों को रोटी मिल रही है। एक जगह बड़ी भीड़ देख तांगेवाला बोला, "इस साल बहुत ज़्यादा आदमी गांवों से आ रहे हैं। इन्हें कहीं काम नहीं मिल रहा है क्योंकि इतनी ज़्यादा तादाद में लोग आ गए हैं कि उनके लिए कहीं कोई काम नहीं है।"

"वे गांव में क्यों नहीं रहते?"

"वहां उनके करने को कोई काम नहीं है—कोई ज़मीन नहीं है।" नेख्लुदोव को ऐसा लगा जैसे किसीने उसके मर्म पर आघात किया हो,

जैसे ज़ख्म पर बार-बार चोट लग जाती हो। सब जगह वही भूमि के अभाव, गरीबी, बेकारी का दृश्य है।

जब अस्पताल से मस्लोवा नेख्लुदोव के सामने आ रही थी, उसने देखा कि उसके चेहरे पर उस दिन जैसी मृदुता नहीं है—उसमें एक उदासी और लज्जा है। पास आने पर उसे गांव में प्राप्त उसकी एक फोटो दी और पूछा, "तुम यहां अच्छी तो हो?"

"हां, सब कुछ ठीक हूं। परन्तु मुझे यहां के जीवन का अभ्यास नहीं है।"

"मैं मेंशोवा के लिए प्रयत्न कर रहा हूं। आशा है, वह छूट जाएगी।"

"ईश्वर का धन्यवाद! कैसी भली है वह बुढ़िया!"

"मैं पीटर्सबर्ग जा रहा हूँ। आशा है, तुम्हारी सज़ा भी मंसूख हो जाएगी।"

"मंसूख हो या नहीं, इससे अब कोई अन्तर नहीं पड़ता।"

"मैं नहीं समझता कि तुम्हारे लिए अन्तर क्यों नहीं पड़ता। हां, मेरे लिए अलबत्ता अन्तर नहीं पड़ता क्योंकि चाहे तुम छूटो या न छूटो, जो कह चुका हूं, वही करूंगा।"

वही अपनी काली तिरछी आंखों से उसे देखती रही—उसे पारकर कहीं दूर देखती रही और उसका चेहरा आनन्द से दमकता रहा पर मुंह से उसने कुछ दूसरी ही बात कही, "आपको ऐसा नहीं कहना चाहिए।...सब कुछ कहा जा चुका है; अब और कुछ कहने की ज़रूरत नहीं।" मुश्किल से अपनी मुस्कान दबाते हुए उसने कहा। इसी समय पीछे से कुछ आवाज़ आई; उसने मुड़कर देखा और बोली, "शायद वे मुझे बुला रहे हैं।" और अपनी विजय भावना को छिपाने की चेष्टा करती चली गई।

नेख्लुदोव सोचता रह गया कि वह मुलायम हुई है या कठोर। वह बदली तो ज़रूर है। उसके हृदय में महत्त्वपूर्ण परिवर्तन हो रहा है जिसने उसे उससे जोड़ दिया है। इस मिलन में उसे आनन्द और मृदुता का अनुभव हुआ।

जब भी मस्लोवा एकांत में होती वह अपने पुराने धूमिल फोटो को लिफाफे से ज़रा सरकाकर देख लेती और जब रात को ड्यूटी पूरा कर अपने कमरे में गई, जिसमें एक नर्स के साथ रहती थी, तो उसे निकाल-

कर देर तक देखती रही। वह अपने उस तरुण मुख एवं पार्श्वभूमि के ब्यौरे में खो गई और उसे यह भी पता लगा कि उसकी सहवासिनी अकिर पीछे से देख रही है। उसने तुझे क्या दिया था? यही? कौन है यह? तुम?"

"और कौन होगा?" अपनी सहवासिनी के चेहरे की ओर हंसती आंखों से देखती मस्लोवो बोली।

"और यह?"

"वह है।"

"और यह उसकी मां है?"

"नहीं, मौसी।"

"तुम्हारा तो चेहरा ही बदल गया है। दस वर्ष हो गए होंगे?"

"दस वर्ष नहीं, एक पूरा जीवन बीत गया।" सहसा उसका चेहरा उदास हो गया।

"उदास क्यों होती हो? तुम्हारा जीवन बड़ा सुखी रहा होगा।"

"सुखी? जेल से भी बदतर। रात आठ बजे से सुबह चार बजे तक एक-सा नारकीय जीवन। और चाहने पर भी उसे न छोड़ सकना! पर अब बात करने से क्या लाभ।" और फोटो को ड्रावर में डाल क्रोधोद्-भूत आंसुओं को कठिनाई से दबाती हाल की ओर भाग गई।

जब भी वह ग्रुप फोटो को देखती उसे अतीत की सुख-स्मृतियां याद आ जातीं; फिर उसके साथ सुखपूर्ण जीवन बिताने की संभावना सामने आ खड़ी होती। फिर उसे अपनी वर्तमान स्थिति याद आ जाती। उसका वह विकृत जीवन, वह परवशता का नारकीय जीवन! उसीके कारण तो उसका वह हाल हुआ। उसे आज कह देना चाहिए था कि वह उसे खूब जानती है और अब उसके जाल में न फंसेगी। उसने उसके शरीर का उपयोग कर लिया पर आत्मा का न करने पाएंगा। यदि वह अस्पताल की जगह जेल में होती तो अपना वचन भंग कर देती—शराब पीती। यहां चिकित्सा-सहायक की कृपा बिना यह चीज़ न मिल सकती थी और उससे वह डरती थी क्योंकि वह जब-तब उसे घूरता रहता था। अब पुरुषों के साथ यौन सम्बन्ध-मात्र से उसे घृणा हो गई थी।

पीटर्सबर्ग में नेख्लुदोव को चार बातें करनी थीं : (1) मस्लोवाकी अपील सिनेट में दाखिल करना, (2) थ्यूडोसियों की दरखास्त अपील कमेटी के सामने उपस्थित करना, (3) शस्तोवा को जेल से छुड़ाना,

(4) जिन सम्प्रदायवादियों को बाइबिल पढ़कर सुनाने में दण्ड मिला था उनके मामले में न्याय प्राप्त करने की चेष्टा।

इस बार जब से वह देश से लौटा है उसे उच्च समाज के लोगों की जीवन-प्रणाली से, जिसमें वह खुद अब तक पला है, घृणा हो गई है। क्योंकि इस विलासी जीवन के पर्दे के पीछे असंख्य जनों की गरीबी, पीड़ा और सभ्य समाज की क्रूरता तथा निष्ठुरती छिपी हैं। मज़ा तो यह है कि ये सभ्यजन अपनी क्रूरता को देख भी नहीं पाते। इसीलिए अब उनकी संगत में उसे कोई सुख नहीं। परन्तु कठिनाई तो यह है कि जो काम उसके सिर पर हैं उसमें उन्हींसे उसे मदद लेनी है।

पीटर्सबर्ग में वह अपनी मौसी काउण्टेस चर्सकाया, एक भूतपूर्व मंत्री की पत्नी, के यहां ठहरा। वहां उसने अपने को उसी अभिजात वर्ग के बीच पाया जिसके प्रति उसे घृणा थी। परन्तु उससे मुक्ति का कोई रास्ता न था। मौसी ने बन्दियों की सहायता करने के उसके काम की बड़ी प्रशंसा की। नेख्लुदोव ने उन्हें मस्लोवा के साथ अपने सम्बन्ध की बातें बता दीं और कहा, "वह साइबेरिया निर्वासित की जा रही है। मैं सिनेट से अपील करने आया हूं और तुम्हारी सहायता चाहता हूं।"

"औह! मैं तो किसी सिनेटर को नहीं जानती पर अपने पति से कहूंगी। वे सब तरह के लोगों को जानते हैं, और क्या बात है?"

"दूसरा केस किले में है।"

"किले में? उसके लिए मैं बैरन कोग्समुथ के नाम पत्र दे दूंगी।"

"पर मैंने सुना है कि मेरे मामले का सम्बन्ध कीग्समुथ से नहीं चेरवियांस्की से है।"

"मैं उसे पसंद नहीं करती पर उसकी पत्नी मैरियेत से हम लोग कहेंगे। मेरे लिए वह काम कर देगी।"

इसी समय नेख्लुदोव के मौसा, पूर्वमन्त्री, आ गए। उन्होंने नेख्लु-दोव को देखकर बड़ी प्रसन्नता प्रकट की। सब कुछ देर बातें करते रहे। फिर मौसी ने नेख्लुदोव से कहा कि, "तुम जाकर मौसी से बात करो, तब तक मैं कुछ पत्र लिख लूं। और मैरियेत के नाम भी तुम्हें पत्र चाहिए न?"

काउण्ट ईबान मिखैलोविच मंत्री रह चुके थे और दढ़ विश्वासों के व्यक्ति थे। सर्वोत्तम भोजन, सर्वोत्तम वस्त्र, सर्वोत्तम घोड़े उनके लिए उतने ही स्वाभाविक थे जैसे पक्षी के लिए आकाश में उड़ना। उन्होंने नेख्लुदोव की बातें सुनकर कहा, "मैं तुम्हें दो पत्र दूंगा; एक अपील

विभाग के सिनेटर उल्फ के नाम; वह मेरे प्रति आभारी है इसलिए जो संभव होगा करेगा। दूसरा पेटीशन कमेटी के एक प्रभावशाली सिनेटर के नाम।···और मौका मिला तो मैं थ्यूडोसिया की कहानी सम्राज्ञी से भी कहूंगा।"

मौसा से ये दोनों पत्र तथा मौसी से मैरियेत के नाम पत्र लेकर नेख्लुदोव वहां से बाहर निकला। पहले वह मैरियेत के यहां गया जिससे बचपन में वह परिचित था। मैरियेत कहीं जानेवाली थी। उसकी सुन्दर अंग्रेज़ी घोड़ों की बग्घी तैयार थी। वह तुरन्त नेख्लुदोव को पहचान गई और बड़ी खुशी प्रकट की। उसे निमंत्रित किया और कहा, "यद्यपि पति से मैं ऐसे मामलों में कुछ नहीं कहती किन्तु तुम्हारे लिए अपना सिद्धांत तोड़कर भी उनसे कहूंगी।"

मैरियेत की मोहक मुस्कानों की याद करता हुआ नेख्लुदोव सिनेट गया और मौसी के पत्र के साथ वहां के अधिकारी से मिला। मस्लोवा का प्रार्थना-पत्र दिया। वहां उसे मालूम हुआ कि इस हफ्ते जो बैठक हो रही है उसमें तो मस्लोवा के मामले पर विचार होने की कोई संभावना नहीं है किन्तु यदि विशेष अनुरोध किया गया तो बुधवार की बैठक में उसपर विचार किया जा सकता है।

वहां से वह 'पेटीशन कमेटी' के एक प्रभावशाली सदस्य बैरन-वोरो-बिओव के यहां गया परन्तु पता चला कि उनके मिलने के जो निश्चित दिन हैं उन्हीं दिनों वे मिलते हैं और आज तो वे श्रीमान सम्राट के साथ हैं और शायद अगले दिन भी रहेंगे।" नेख्लुदोव दरबान को मौसा का पत्र देकर चल दिया और सिनेटर वाल्दीमीर उल्फ से मिलने गया। उल्फ अभी भोजन करके उठा ही था और पाचन-क्रिया के सहायतार्थ सिगार पी रहा था और अपने अध्ययन-कक्ष में चहलकदमी भी करता जा रहा था। उसने काउण्ट मिखैलोविच पत्र को पढ़कर बड़ी प्रसन्नता प्रकट की और सहायता देने का वचन दिया। पूछा, "बन्दिनी का नाम क्या है?"

"मस्लोवा।"

उल्फ ने टेबल पर पड़े कागजात उलट-पुलटकर देखे और बोला, "बहुत अच्छा। मैं और सदस्यों से भी कहूंगा। हम बुधवार को यह केस लेंगे।······जो कुछ भी संभव होगा करेंगे।"

काउंटेस केतेरिना इव्नोव्ना का भोज साढ़े सात बजे शुरू हुआ। ऐसी भोज-प्रणाली नेख्लुदोव ने कहीं और नहीं देखी थी। प्रतीक्षक (वेटर) टेबल पर रकाबियां लगाकर हट गए। फिर खानेवालों ने अपने-आप परोसना शुरू किया। चूंकि पुरुष स्त्रियों को कष्ट देना नहीं चाहते थे इसलिए उन्होंने औरतों की तश्तरियों में भोजन परोसने का काम अपने ऊपर ले लिया। भोजन-सामग्री बहुत बढ़िया थी और एक से एक चुनी मदिरा भी मौजूद थी। भोजन के बाद ही लोग हाल में जा बैठे। वहां कितनी ही सुवस्त्रा स्त्रियां अपने नकली केश, नकली छातियां और कसी कटि के साथ बैठी थीं; और बहुत-से आदमी सुन्दर सांध्य परिधान में सजे वक्ता कीज़वेटर का प्रवचन सुनने को एकत्र हुए थे। कीज़वेटर अंग्रेजी में बोलता था और एक शीर्ष चश्माधारिणी लड़की उसे रूसी भाषा में अनूदित करती जा रही थी। कीज़वेटर कह रहा था, "प्यारे मित्रो, क्षण-भर के लिए सोचो कि हम क्या कर रहे हैं, कैसा जीवन बिता रहे हैं, हमने सर्वप्रेमी प्रभु का कैसा अपमान किया है तथा खीष्ट को कैसी पीड़ा दे रहे हैं; सोचते ही मालूम हो जाएगा कि हमारे लिए क्षमा असंभव है, पलायन असंभव है और हमारा विनाश निश्चित है। भयानक दुर्भाग्य, अनन्त उत्पीड़न हमारी प्रतीक्षा कर रहा है। भाइयो, हमारी रक्षा कैसे होगी? इस भयानक, कभी न बुझनेवाली आग से हम कैसे बचेंगे? घर जल रहा है; निकलने का कोई मार्ग नहीं है।" कहते-कहते उसके गालों पर आंसू बहने लगे। हाल में सिसकियां सुनाई पड़ने लगीं। सहसा वक्ता कहने लगा, "फिर भी मुक्ति का एक मार्ग है—एक सरल, आनन्दपूर्ण मार्ग। मुक्ति उस रक्त में है जो ईश्वर के एकमात्र पुत्र ने हमारे लिए बहाया था। उसका कष्ट, उसकी वेदना, उसका रक्त हमारी रक्षा करेगा। आओ उस प्रभु का यशोगान करें जिसने अपना एकमात्र पुत्र मानव जाति के उद्धार के लिए दे दिया। उसका पवित्र रक्त······"

नेख्लुदोव को यह सब इतना भद्दा लगा कि वह चुपचाप उठकर अपने कमरे में चला गया।

दूसरे दिन सुबह ज्योंही कपड़े पहनकर नेख्लुदोव नीचे जा रहा था कि सूचना मिली कि फनारिन उससे मिलने आया है। वह किसी और काम से पीटर्सबर्ग आया था और यदि मस्लोवा का मुकदमा जल्दी होने-वाला हो तो उसमें उपस्थित रहना चाहता था। नेख्लुदोव ने उसे बताया

कि बुधवार को मुकदमा होगा और उसमें संभवतः तीन सिनेटर उल्फ, स्कोपोरोदनिकोव और हे रहेंगे। उसने यह भी कहा कि पेटीशन कमेटी के सम्बन्ध में वह बैरन वोरोबिओव से मिलने जा ही रहा है। फनारिन ने कहा कि उसे भी उधर ही जाना है, रास्ते में उसे छोड़ता जाएगा। दोनों रवाना ही हो रहे थे कि नौकर ने मैरियेत का पत्र लाकर दिया। उसने लिखा था, "तुम्हारे लिए मैंने अपने सिद्धान्त के विरुद्ध जाकर पति से तुम्हारे उस मामले में कहा था। लगता है कि सम्बद्ध प्राणी तुरन्त छोड़ दिया जाएगा। मेरे पति ने कमांडेंट को लिख दिया है। अब आना तो कोई 'स्वार्थ' लेकर न आना। तुम्हारी प्रतीक्षा करूंगी।—मै०।"

वोरोबिओव ने मैत्रीपूर्ण मुस्कान के साथ नेख्लुदोव का स्वागत किया और कहा, "तुम्हें देखकर बड़ी प्रसन्नता हुई। तुम्हारी मां से मेरी बड़ी पुरानी मित्रता थी। जब तुम छोटे थे और फिर सेना में अफसर हुए तब मैंने तुम्हें देखा था। बैठो, बताओ, मैं तुम्हारे लिए क्या कर सकता हूं?" नेख्लुदोव ने थ्यूडोसिया की कहानी सुनाई। इस करुणाजनक कहानी से बैरन बड़ा प्रभावित हुआ। बोला, "बड़ी हृदयद्रावक कथा हैं। बेचारी बच्ची ही थी, पति कठोरता से पेश आया जिससे उसे घृणा हुई। किन्तु समय बीतने पर दोनों एक-दूसरे को प्रेम करने लगे। हां, हां, मैं खुद इसके बारे में रिपोर्ट करूंगा।" नेख्लुदोव ने कहा, "काउंट ईवान मिखैलोविच भी कहेंगे।" काउंट का नाम सुनते ही बैरन का चेहरा बदल गया और उसने कहा, "तुम पेटीशन आफिस में दें दो। मैं जो कुछ संभव होगा, करूंगा।"

पीटर्सबर्ग के कैदियों का भाग्य एक ऐसे बूढ़े जेनरल के हाथ में था जो 'ऊपर' (सम्राट) द्वारा बनाए नियमों का अक्षरशः पालन करना अपना कर्तव्य समझता था। उसका कर्तव्य राजनीतिक बन्दियों—स्त्री-पुरुष दोनों—को तनहाई में रखना था। इससे आधे दस वर्ष में खत्म हो जाते थे, कुछ पागल हो जाते थे, कुछ क्षयग्रस्त होकर मर जाते थे, कुछ आत्महत्या कर लेते थे। बूढे जेनरल को इन बातों का पता था किन्तु इन बातों का उसपर कुछ असर न पड़ता था, उसे तो नियमों की, पाबन्दी करनी ही थी। सोचने से दुर्बलता आ सकती है, इसलिए वह इसके बारे में कुछ सोचता भी न था। सप्ताह में एक बार वह कैदियों की कोठरियों में जाता था। किन्तु वे जो अनुरोध करते उनपर कभी

विचार न करता था। नेख्लुदोव के मिलने पर उसने बड़ी प्रसन्नता प्रकट की और कहा कि "मैं और तुम्हारे पिता सेना में साथी थे।"

शुस्तोवा की रिहाई के विषय में पूछने पर मालूम हुआ कि अभी तक उसे कोई आदेश नहीं प्राप्त हुआ है। प्राप्त होने पर रिहाई में ज़रा भी विलम्ब न किया जाएगा।

आज सिनेट में मस्लोवा का मामला उपस्थित होनेवाला है। फनारिन और नेख्लुदोव दोनों अदालत के कमरे में गए और रेलिंग के पीछे अपने स्थान पर बैठ गए। कमरा फौजदारी अदालतवाले कमरे से बहुत छोटा था। हां, शान और सजावट ज़्यादा थी। पेशकार ने उसी प्रकार घोषणा की, "अदालत आ रही है।" सब लोग खड़े हो गए। वर्दियों में आकर सिनेटर अपनी शानदार, पीछे की ओर बहुत ऊंची उठी कुर्सियों पर बैठ गए। वकीलों के साथ सरकारी अभियोजक (पब्लिक प्रासीक्यूटर) आया—मझोला कद, एकहरा बदन, मुड़ी दाढ़ीवाला साफ चेहरा और शोकाच्छन्न काली आंखें! नेख्लुदोव ने उसे तुरन्त पहचान लिया। वह छात्र-जीवन में उसके सर्वोत्तम मित्रों में से एक था—सेलेनिन। उसने फनारिन से कहा, "क्या सेलेनिन सरकारी अभियोजक है, मैं तो उसे अच्छी तरह जानता हूं। बड़ा भला है।" फनारिन बोला, "तब तो तुम्हें इस मामले में उसकी दिलचस्पी पैदा करनी चाहिए थी।" नेख्लुदोव ने कहा, "वह अपने अन्तःकरण के अनुसार ही करेगा।"

पहले एक पत्रकार पर मानहानि का मुकदमा लिया गया। इसमें सेलेनिन ने जिस जोश के साथ मुकदमे की पैरवी की उसे देखकर नेख्लुदोव को आश्चर्य हुआ। वह उसके शान्त, आत्मनियंत्रित रूप से ही परिचित था। इसी समय पेशकार ने आकर फनारिन से कहा, मस्लोवा का मुकदमा तो आज होगा परन्तु सिनेटर वर्तमान मामले में निश्चय करने के बाद फिर अदालत में न लौटेंगे। पर मैं उन्हें सूचित करता हूं···।" उसका आशय यह था कि मस्लोवा तथा दूसरे सब मुकदमों के विषय में परामर्श-कक्ष में चाय और सिगरेट पीते-पीते ही सिनेटर निर्णय कर देंगे।

परामर्श-कक्ष में टेबल के इर्द-गिर्द सिनेटरों के बैठते ही उल्फ ने बड़े भावोत्तेजक ढंग से मामला उनके सामने रखा। पर अध्यक्ष की मनःस्थिति आज बड़ी खराब थी। उसका ध्यान अपनी संस्मरण-पुस्तक के

उस अंश पर अटका हुआ था जो आज उसने लिखाया था और जिसमें उस पद पर उसके स्थान पर विग्लानोव की नियुक्ति की बात थी जिसकी अभिलाषा वह बहुत दिनों से करता आया था। उल्फ की बात सुने बिना ही अन्यमनस्क भाव से उसने कह दिया, "अवश्य।" शोकाच्छन्न मुख से उल्फ की बातें सुन रहा था। वह उदार दलीय राजनीतिक परम्पराओं में आस्था रखनेवाला आदमी था। इसलिए प्रेस (पत्रों) की स्वतंत्रता का हामी था और उसने मानहानिवाले मामले में अपील खारिज कर देने की राय दी। स्कोवोरोदनिकोव ने बे का समर्थन किया। अपील बर्खास्त हो गई। इससे उल्फ झुंझला गया; उसे लगा जैसे जजों ने उसे पक्षपाती समझा हो। इसलिए वहआगे के मामलों में उदासीन हो गया। इसी समय पेशकार ने आकर सिनेटरों को बताया कि नेख्लुदोव और फनारिन मस्लोवा के मुकदमे के समय उपस्थित रहना चाहते हैं। इसलिए चाय पीने के बाद सिनेटर पुनः भवन में आए। उल्फ ने अपनी धीमी आवाज़ में मस्लोवा का मामला पूरी तरह उपस्थित कर दिया। फिर अध्यक्ष के पूछने पर फनारिन ने मुकदमे की ज़बर्दस्त पैरवी की और कानून की अनेक बारीकियों के साथ अन्यायपूर्ण फैसले पर प्रकाश डाला। पर सेलेनिन ने फैसला बदले जाने का विरोध किया। उल्फ और बे फैसला बदले जाने के पक्ष में थे। निकितिन सदा कड़ाई के पक्ष में रहता था इसलिए उसने इसके खिलाफ राय दी। अब सब कुछ स्कोवोरोदनिकोव के मत पर निर्भर था। उसने अपील बर्खास्त कर देने के पक्ष में राय दी क्योंकि मस्लोवा के साथ विवाह करने का नेख्लुदोव का निश्चय उसे नैतिक दृष्टि से बड़ा गर्हित और बेतुका लगा था।

परिणाम यह हुआ कि मस्लोवा की सज़ा कायम रही।

प्रतीक्षागृह में जाते हुए नेख्लुदोव ने कहा, "भयानक! एक बिलकुल साफ मामले में भी वे बाहरी बातों को ज़्यादा महत्त्व देते हैं और अपील खारिज कर देते हैं? भयानक! फिर सेलेनिन! वह भी इसके पक्ष में? भयानक!"

उल्फ निकला और जाते हुए नेख्लुदोव के साथ सहानुभूति प्रकट करता गया। फिर सेलेनिन निकला। अपने पुराने मित्र को देखकर बड़ा खुश हुआ और पूछा, "तुम यहां कैसे?" नेख्लुदोव ने कहा, "यहां इसलिए कि मुझे आशा थी कि अन्यायपूर्वक दण्डित एक स्त्री के लिए न्याय प्राप्त कर सकूंगा। वही स्त्री, जिसका फैसला आप लोगों ने अभी

किया है। स्त्री निर्दोष है, फिर भी दण्डित की जा रही है।"

"हो सकता है परन्तु सिनेट किसी मुकदमे के गलत-सही का निर्णय नहीं करती।''हां, तुम अपनी मौसी के यहां ही ठहरे हो न? उन्होंने तुमसे मिलने के लिए मुझे बुलाया था।"

नेख्लुदोव ने बड़े आश्चर्य से उसकी ओर देखा। यहीं था जो छात्र-जीवन में इस प्रकार के धार्मिक मिथ्याचार की घोर विरोधी था। पढ़ने-लिखने में बहुत अच्छा। उसके निबन्धों पर उसे स्वर्णपदक मिले थे। मानवजाति की सेवा अपना धर्म समझता था। उसने कानून निर्माण विभाग में नौकरी की किन्तु शीघ्र ही देख लिया कि वह समाज के लिए उपयोगी नहीं हो पा रहा है। असन्तुष्ट होकर वह नौकरी छोड़ दी। मित्रों एवं हितैषियों ने उसे एक-दूसरी अच्छी नौकरी पर लगाया जिसमें शानदार वर्दी के साथ गाड़ी पर चलता था पर इससे भी उसे सन्तोष नहीं हुआ; वह समझ गया कि 'यह ठीक चीज़ नहीं है।' किन्तु कुछ लोगों को नाराज़ करने के भाव और कुछ अपनी अनुदात्त प्रकृति के अहं की पूर्ति के कारण उसमें बना रहा। विवाह के मामले में भी यही हुआ। सांसारिक दृष्टि से एक अच्छी स्त्री से विवाह हो गया—वह चाहता न था, पर इनकार करने से उस महिला एवं मित्रों को चोट पहुंचेगी इसलिए विवाह कर लिया किन्तु दोनों में पटी नहीं। ऊपर से मर्यादा एवं व्यवहार का निर्वाह होता रहा किन्तु अन्दर से विभेद होता गया। उसने स्त्री का जीवन बदलने के लिए हर तरह की चेष्टा की किन्तु वह पत्थर पर सिर मारने जैसा हुआ। एक बच्ची पैदा हुई पर उसे भी स्त्री ने पति की स्पष्ट इच्छा के विरुद्ध पालना शुरू किया। घर उसके लिए एक बोझ हो गया। संघर्ष करते-करते निराश होकर उसने साम्प्रदायिक धर्म-विश्वास के आगे कंधा डाल दिया।

सिनेट भवन से फनारिन के साथ नेख्लुदोव बाहर निकला किन्तु चित्त बड़ा दुःखी था। सिनेट के निर्णय ने मस्लोवा के उत्पीड़न को बढ़ा दिया था, इसका तो उसे दुःख था ही किन्तु यह दुःख इसलिए और बढ़ गया कि अब मस्लोवा के जीवन के साथ अपना जीवन मिलाने में और कठिनाई पैदा हो गई। घर लौटने पर द्वारपाल ने उसे एक पत्र दिया और कहा, "एक औरत मिलने आई थी, वही दे गई है।" यह शुस्तोवा की मां का पत्र था। वह अपनी पुत्री की भलाई करने के लिए उसे धन्यवाद देने आई थी और नाम-पता, मकान नम्बर आदि देकर अपने यहां

दर्शन देने को निमंत्रित कर गई थी।

पिछले कुछ दिनों के अनुभव से नेख्लुदोव निराश हो गया था और समझता था कि कुछ होना-जाना नहीं है। मास्को में जो योजना उसने बनाई थी वह अब यौवन के स्वप्न-सी लग रही थी। फिर भी उसने चेष्टा जारी रखने का निश्चय किया। इसी समय उसकी मौसी ने उसे चाय पीने को बुलाया। वहां जाने पर नेख्लुदोव ने देखा कि मैरियेत हाथ में चाय का प्याला लिए मौसी के पास बैठी खिलखिलाकर हंस रही है। ज्योंही मैरियेत ने नेख्लुदोव के चेहरे पर उदासी और गंभीरता देखी उसे खुश करने की इच्छा उसके अन्तर में कुछ इस प्रकार उठी कि वह भी सचमुच उसी गंभीर मन:स्थिति में आ गई जिसमें नेख्लुदोव था। उसने बड़े प्रेम से नेख्लुदोव का हाल-चाल पूछा। नेख्लुदोव ने बताया कि अपील खारिज हो गई है। इसपर उसने बड़े ही आर्द्र एवं प्रेमसिक्त शब्दों में अपनी सहानुभूति प्रकट की। बोली, "क्या मैं समझती नहीं कि तुम्हारे हृदय में क्या हो रहा होगा? तुम जो कर रहे हो उससे मेरा हृदय नाच उठता है।···मैं तुम्हारी भावना समझती हूं, मैं मस्लोवा को भी समझ रही हूं। मैं अब इस बारे में कुछ न कहूंगी पर तुम उन अभागे बन्दियों की पीड़ा से द्रवित होकर अपना जीवन ऐसे शुभ कार्य में लगा रहे हो, इसके प्रति मेरे मन में गहरी श्रद्धा है और मैं भी ऐसे कार्य में अपना जीवन लगा सकती हूं। फिर हमारी अपनी-अपनी किस्मत है।···मुझे विवश होकर सन्तुष्ट रहना पड़ता है परन्तु एक कीड़ा रह-रहकर सिर उठाता है···"

"हां, उसे सोने न देना। उसी वाणी का आदेश मानना चाहिए।"

वे दोनों शासन के अन्याय, अभागों की वेदना तथा जनता की गरीबी पर बात कर रहे थे किन्तु बीच-बीच में ऐसी उत्कंठा-भरी आंखों से एक-दूसरे को देखते जाते थे जो पूछती थीं, "क्या तुम मुझे प्यार कर सकते हो?" और जवाब भी देती जाती थीं, "हां।" शारीरिक आकर्षण दोनों को खींच रहा था। जाते समय मैरियेत कहती गई कि "जिस रूप में तुम चाहो, तुम्हारी सेवा के लिए तैयार हूं।" दूसरे दिन नाटक देखने उसके अपने 'बाक्स' में आने के लिए निमंत्रित कर गई।

दूसरे दिन सुबह जब नेख्लुदोव उठा तो उसे लग रहा था कि जैसे उसने कोई अपराध किया है। वह सोचने लगा किन्तु उसने कोई गलत काम किया है ऐसी कोई बात उसे याद न आई। पर उसके मन में

बुरे विचार ज़रूर आए थे। उसने सोचा था कि कतूशा से शादी करने और अपनी ज़ायदाद किसानों में बांट देने की बातें असाध्य स्वप्न हैं और ऐसा करना कृत्रिम तथा अस्वाभाविक होगा और उसे वैसा ही रहना है जैसे अभी तक रहता आया है। बुरा कर्म उसने नहीं किया किन्तु कुविचार तो कुकर्म से भी ज़्यादा भयानक हैं क्योंकि उन्हींसे सब दुष्कर्मों का जन्म होता है। दुष्कर्म शायद दुबारा न भी किया जाए किन्तु कुविचार एक बार आने पर निरन्तर आते रहते हैं। एक दुष्कर्म दूसरे दुष्कर्म का मार्ग तैयार करता है किन्तु कुविचार मनुष्य को अवश करके उस रास्ते पर ले जाते हैं। जब नेख्लुदोव को कल की बातें याद आईं तो उसे आश्चर्य हुआ कि वह एक क्षण के लिए भी कैसे ऐसी बातें सोच सका। उसने जो निर्णय किया है वह चाहे कैसा नवीन और कठिन हो पर वही अब उसके लिए एकमात्र मार्ग है और दूसरा मार्ग चाहे जैसा सरल एवं स्वाभाविक हो उसके लिए मरण-तुल्य है। कल का प्रलोभन वैसा ही था जैसा गहरी नींद से जागने पर, निद्रालु हुए बिना भी आदमी कुछ देर ऐसे ही लेटे रहना चाहता है—यह जानते हुए भी कि उठने और महत्त्वपूर्ण कार्य शुरू करने का समय हो गया है।

पीटर्सबर्ग-निवास के अन्तिम दिन सुबह ही वह शुस्तोवा से मिलने गया। शुस्तोवा, उसकी काकी और मां सबने खुले हृदय से उसका स्वागत किया। काकी, ने पूछा, "वीरा कैसी है? आप उससे मिले तो होंगे?" नेख्लुदोव ने कहा, "वह कभी शिकायत नहीं करती; कहती है कि वह पूर्णतः सुखी है।"

"यह वीरा ही जैसा है। सब कुछ दूसरों के लिए, अपने लिए कुछ नहीं।"

"हां, वह केवल तुम्हारी भतीजी के लिए चिन्तित थी। यह बात उसे बहुत दु:ख देती थी कि बेचारी बेगुनाह कष्ट भोग रही है।"

"हां, उसे मेरे कारण ही इतना कष्ट हुआ। एक आदमी ने मुझे कुछ कागज़ रखने को दिए थे; चूंकि मेरे पास कोई उपयुक्त आवास उस समय नहीं था इसलिए मैंने उन्हें इसे रखने को दे दिया। उसी रात पुलिस ने छापा मारकार कागज़ के साथ इसे गिरफ्तार कर लिया।"

बीच में शुस्तोवा बोल उठी, "मुझसे बहुत पूछा गया कि उस आदमी का नाम बता दे जिसने ये कागज़ रखने को दिए हैं पर मैंने नहीं बताया। कुछ दिनों बाद सुना मितीन पकड़ा गया है। न जाने कैसे मेरे दिमाग में पैठ गया कि मैंने ही उसे धोखा दिया है। मेरा दिमाग खराब

हो गया···।" कहकर वह कमरे से बाहर दौड़ गई। अब भी वह अर्द्ध विक्षिप्त थी। काकी ने कहा, "ओह, एकान्त कारावास का किशोरों पर भयानक प्रभाव पड़ता है। जो तरुण निर्दोष होते हैं उनपर बहुत बुरा असर पड़ता है। यह असर बुरे भोजन या कष्ट के कारण उतना नहीं जितना नैतिक आघात के कारण होता है।···मैं भी दो बार जेल में रह चुकी हूं। पहली बार जब मैं गिरफ्तार हुई, निर्दोष थी। सिर्फ 22 साल की थी और मेरा एक बच्चा था। मेरे साथ जो व्यवहार किया गया उससे ऐसा लगा जैसे मैं अब मनुष्य नहीं रही। बच्चे से मिलने नहीं दिया गया। मुझे कहां ले जाया जा रहा है और मेरा क्या कसूर है—इसका कोई जवाब नहीं। एक कोठरी में बन्द कर दिया गया। क्या उन्हें मालूम न था कि मां अपने बच्चे को प्यार करती है और बच्चा मां को प्यार करता है? तब उन सब चीज़ों से जो मेरे लिए प्यारी थीं, मैं क्यों अलग कर दी गई?" बड़ी देर तक इसी प्रकार बातें होती रहीं। फिर काकी ने वीरा दुखोवा के नाम एक पत्र और बहुत-बहुत धन्यवाद देकर नेख्लुदोव को विदा किया

अब पीटर्सबर्ग में नेख्लुदोव को एक ही और काम करना रह गया था—उन सम्प्रदायवादियों का पेटीशन अपने साथी अफसर बोगाताई-रेव के ज़रिये ज़ार को देना। वह बोगाताईरेव के पास गया। उसने वादा किया कि "मैं तो इसे सम्राट के हाथ में देने को तैयार हूं परन्तु तुम तोपोरोव से मिल लो क्योंकि उससे ही इस बारे में पूछा जाएगा। यदि वह इनकार करेगा तो मैं तो हूं ही।"

तोपोरोव उन लोगों से भिन्न था जो मानव-मात्र की समानता और भ्रातृत्व में विश्वास रखते हैं। उसका विश्वास था कि साधारणजन उससे बिल्कुल भिन्न कोटि के हैं। धर्म के विषय में उसका रुख अजीब था। उसकी मनःस्थिति उस मुर्गी-पालक जैसी थी जो मांस के छिछड़ों से नाक-भौं सिकोड़ता है परन्तु मुर्गियां उन्हें चाहती हैं इसलिए देता है। इसी तरह आइबेरियन, कज़ान, स्मोलेंस्क की प्रतिमाएं घोर मूर्तिपूजा की प्रतीक हैं फिर भी जब लोग चाहते हैं तो उसका समर्थन करना ही उचित है।

नेख्लुदोव को उसके सहायक ने बैठक में बैठाया। फिर पेटीशन देखने को मांगा। तोपोरोव को उसे देखते ही सारी घटना याद आ गई। ये ईसाई यूनानी सनातन चर्च में विश्वास न करने के कारण गिरफ्तार

किए गए थे पर अदालत द्वारा छोड़ दिए गए। तब विशप और गवर्नर ने यह बखेड़ा खड़ा किया किया कि उनके विवाह अवैध हैं। इस प्रकार पति-पत्नी और बच्चों को अलग करने का यत्न किया गया। अब पिताओं एवं पत्नियों ने प्रार्थन पत्र दिया है कि उन्हें अलग न किया जाए। तोपोरोव ने देखा कि जब नेख्लुदोव जैसा प्रभावशाली अदमी उनके पक्ष में खड़ा हो गया है तब मामला आगे बढ़ने पर परेशानी होगी। इसलिए इसे यहीं खत्म करके उसका श्रेय ले लेना अच्छा होगा। उसने नेख्लुदोव के सामने ही बंदियों की मुक्ति एवं उनके अपने घरों को लौटने देने का आदेश जारी कर दिया।

नेख्लुदोव का काम समाप्त हो गया था इसीलिए उसी रात वह पीटर्सबर्ग से रवाना हो गया होता। परन्तु उसने मैरियेत के नाटक देखने और उसके बाक्स में बैठने का निमंत्रण स्वीकार कर लिया था। इसलिए अपना वचन भंग करना उसे अच्छा न लगा। वह तैयार होकर गया; जब पहुंचा तब दूसरा अंक शुरू हो चुका था। मैरियेत सुन्दर, मोहक लग रही थी; उसके सुडौल कंधों के ज़रा ही ऊपर कंबुग्रीवा के नीचे तिल चमक रहा। उसने बड़े आकर्षक ढंग से घूमकर मुस्कराते हुए नेख्लुदोव को अपने पीछे बैठने का इशारा किया। उसके बैठने पर उसने अपने पति से नेख्लुदोव का परिचय कराया। नेख्लुदोव ने कहा, "इन दिनों मैं इतना दु:ख अपनी आंखों से देख चुका हूं कि अभिनय में मुझे कोई आकर्षण नहीं लगता। जो स्त्री बहुत दिनों बाद जेल से छूटी है उसे देखने आज गया था; वह बिल्कुल टूट गई है।" फिर वह चुपचाप उसे देखता रहा। उसे लगा कि वह उससे कुछ बात नहीं करना चाहती थी, केवल अपना दैहिक सौन्दर्य दिखाने के लिए ही उसे बुलाया था। वह देह मोहक किन्तु साथ ही अत्यन्त अरुचिपूर्ण लगी। आकर्षित होते हुए भी उसे प्रतीत हुआ कि वह झूठी है; ऐसे पति के साथ रह रही है जिसकी स्थिति हज़ारों आदमियों के जीवन और आंसुओं पर ठहरी हुई है। वह उन अभागों के प्रति बिलकुल उदासीन है। कल जो कुछ वह कह रही थी सब मिथ्या था। वह केवल उसे अपने प्रेम-जाल में फंसाना-भर चाहती थी। उसका मन विरक्ति से भर उठा और वह चुपचाप बाहर निकल आया। रास्ते में जाते हुए उसे पटरी परजाती एक मोहक महिला दिखाई पड़ी। उसके सारे शरीर से एक प्रबल पापपूर्ण आकर्षण फूट रहा था और वह उसे अनुभव कर रही थी। जिसके पास से गुज़रती सब

उसे देखने लगते थे। नेख्लुदोव और तेज़ चलने लगा और जब उसके पास से गुज़रा तो वही घृणा एवं आकर्षण साथ-साथ उसके अन्दर प्रकट हुए जो मैरियेत को देखकर हुए थे। उसने सोचा, 'मैरियेत और इसमें कोई अन्तर नहीं है। दोनों कहती हैं—यदि मुझे चाहते हो तो ले लो, नहीं अपने रास्ते जाओ।—अन्तर यही है कि यह तो जीवन की अवा-श्यकताओं से विवश होकर ऐसा कर रही है जब मैरियेत भयानक वासना से खेलते हुए आमोद के लिए वैसा कर रही है। यह औरत रुके हुए, गंदले पानी की तरह है जो उन लोगों के प्रति समर्पित है जिनकी प्यास उनकी विरक्ति से अधिक प्रबल है जब मैरियेत उस विष की भांति है जो अज्ञान में ही उन सबको नष्ट कर देता है जिनके अन्दर प्रवेश करता है।' उसने सोचा, 'मानव में जो पाशव प्रकृति है वह कितनी घृण्य है किन्तु जब तक वह नंगे रूप में दीख पड़ती है तब तक हम अपने आध्यात्मिक जीवन की ऊंचाई से उसे देखते और घृणा करते हैं किन्तु जब वही पाश-विकता काव्य एवं सौंदर्यबोध का आवरण पहनकर सामने आती है और उसके प्रवाह में बह जाते तथा उसकी पूजा करने लगते हैं तब पाप-पुण्य में विवेक नहीं कर पाते। यह बड़ी भयानक स्थिति है।' इस समय उसके हृदय में ऐसी ज्योति फूट पड़ी थी जिसमें सब कुछ स्पष्ट दिखाई पड़ता था। उसे उस ज्योति के उदगम का पता न था, फिर भी वह वहां थी। उसका हृदय उत्कण्ठा और आनन्द से भर गया।

मास्को लौटते ही नेख्लुदोव मस्लोवा से मिलने जेल गया। मुख्य उद्देश्य सम्राट के नाम लिखी दर्खास्त पर, जिसे फनारिन ने तैयार कर दिया था, उसका हस्ताक्षर लेना था। यद्यपि अब उसे सफलता की आशा नहीं रह गई थी फिर भी प्रयत्न तो करते ही जाना था। उसे थोरो की सूक्ति याद आ गई कि "जो सरकार अन्यायपूर्वक किसीको भी जेल में डालती हैं उसके अन्दर प्रत्येक न्यायी व्यक्ति का स्थान जेल ही है।" अस्पताल के द्वार पर पहुंचते ही संतरी ने उसे पहचान लिया और बताया कि "स्वास्थ्य-सहायक के साथ उसकी गड़बड़-शड़बड़ चलता था इसलिए डाक्टर ने उसे फिर पुरानी जगह वापस कर दिया।" सुनते ही नेख्लुदोव पर मानो वज्रपात हुआ। गहरी वेदना हुई। उसे लगा कि उसके हृदय-परिवर्तन की जो कल्पना उसने की थी वह सब व्यर्थ है। उसकी आंखों में जो आंसू थे वे केवल उसे फंसाकर काम निकालने के लिए थे। वह उससे क्यों बंधा रहे? किन्तु नहीं, उसे अपने

निश्चय पर दृढ़ रहना चाहिए।

जब मस्लोवा पास आई तो नेख्लुदोव ने बहुत चाहा कि पहले की भांति उससे हाथ मिलाए पर हाथ आगे नहीं बढ़ा, बोला, "सिनेट ने अपील खारिज कर दी।" मस्लोवा ने हांफती हुई विचित्र-सी वाणी में कहा, "मैं जानती थी, ऐसा ही होगा।" मस्लोवा की आंखों में आंसू भरे थे किन्तु फिर भी उसके हृदय में करुणा नहीं उपजी बल्कि खीझ हुई। परन्तु विरक्ति रहते हुए भी वह बोला, "निराश मत हो। सम्राट के यहां प्रार्थना सफल हो सकती है···"

अत्यन्त करुण अश्रुपूर्ण दृष्टि से देखती हुई मस्लोवा बोली, "मैं वह बात नहीं सोच रही हूं।···आप अस्पताल गए होंगे और बहुत करके उन लोगों ने मेरे बारे में कहा होगा···"

"उससे क्या? वह तुम्हारी अपनी बात है", नेख्लुदोव ने सूखी वाणी में कहा। आहत अभिमान, जो किंचित् शान्त हो रहा था अस्पताल के ज़िक्र से और प्रबल होकर उठ खड़ा हुआ। वह संसार का एक प्रतिष्ठित प्राणी है; अच्छे से अच्छे कुटुम्ब की कोई भी लड़की उससे विवाह करने में सम्मान और आनन्द का अनुभव करेगी। उसने स्वयं इस औरत का पति बनने का प्रस्ताव रखा और यह प्रतीक्षा भी न कर सकी; स्वास्थ्य-सहायक से प्रेम जताने लगी। "अच्छा, यहां दस्तखत कर दो।" वह बैठकर दस्तखत करने लगी। नेख्लुदोव उसके पीछे खड़ा देखने लगा। मस्लोवा का पृष्ठभाग भावावेग से कांप रहा था। नेख्लुदोव के हृदय में पुण्य-पाप का संघर्ष चलने लगा—एक ओर था आहत अभिमान, दूसरी ओर थी उसके लिए दया की भावना। अन्त में नेख्लुदोव ने कहा, "चाहे जो हो, चाहे जो परिणाम इसका निकले मेरा निश्चय ज्यों का त्यों है। जहां भी वे तुम्हें ले जाएंगे मैं भी चलूंगा।" यद्यपि मस्लोवा का चेहरा चमक उठा परन्तु उसने कहा, "क्या लाभ है?"

समय समाप्त हो गया और नेख्लुदोव हृदय में शान्ति, आनन्द और सब प्राणियों के प्रति प्रेम की भावना लिए विदा हुआ।

स्वास्थ्य-सहायकवाला मामला भी झूठा था। एक बार प्रधान नर्स के आदेश से वह उस छोर पर कोई चीज़ लेने जा रही थी कि एकान्त देख स्वास्थ्य-सहायक ने उसे छेड़ा। वह कई दिनों से पीछे लगा हुआ था। मस्लोवा ने उसे ज़ोर का धक्का दिया। वह लड़खड़ाकर एक आलमारी पर गिरा जिससे दो बोतलें गिरकर टूट गईं। उधर से डाक्टर आ

रहा था। उसने मस्लोवा को भागते देखा। बहुत बिगड़ा और उसी दिन अस्पताल से हटा दिया। मस्लोवा को वासना के कीड़े पुरुषों के प्रेम से घृणा हो गई थी। उसी जुर्म में वह अस्पताल से निकाली गई। इससे उसे बड़ा दुःख हुआ। उसकी स्थिति आज इतनी गिर गई है कि उसकी इनकारी पर स्वास्थ्य-सहायक को आश्चर्य हुआ—यही सब सोच उसकी आंखों में आंसू आ गए थे। वह नेख्लुदोव से यथार्थ स्थिति बताना चाहती थी किन्तु जब उसने देखा कि वह अविश्वास और संशय से भर चुका है तो उसका दिल मसोसकर रह गया। मस्लोवा अपने को समझाती रहती थी कि वह नेख्लुदोव से घृणा करती है परन्तु वह अन्तर से उसे प्यार करती थी। इसलिए जब उसने देखा कि वह अस्पतालवाली बात पर झट विश्वास कर बैठा है तो उसे दुःख हुआ।

मस्लोवा शायद बन्दियों के प्रथम दल के साथ ही भेज दी जाए, इसलिए नेख्लुदोव ने भी यात्रा की तैयारी शुरू कर दी। अब उसे तीन मुख्य काम थेः (1)मस्लोवा के आवेदन पत्र पर सम्राट द्वारा विचार कराने से सम्बन्धित कार्य तथा साइबेरिया-यात्रा की तैयारी। (2) अपनी ज़मींदारियों की अन्तिम और कानूनी व्यवस्था। (3) बंदियों की सहायता। इस तीसरे से ही उसके मन में निम्नलिखित प्रश्न उठ खड़े हुए—यह आपराधिक कानून नाम की अद्‌भुत संस्था क्या है जिसके कारण हज़ारों आदमी जेलों में निरुपयोगी और निरर्थक हो रहे हैं? इस विचित्र आपराधिक कानून का अस्तित्व किसलिए है? इसकी उत्पत्ति कैसे हुई? अपने अनुभव तथा बन्दियों की चिट्ठियों के आधार पर उसने तथाकथित अपराधियों को पांच भागों में विभाजित किया : (1) पूर्णतः निर्दोष और न्यायालय की भूल से दण्डित प्राणी, जैसे मेंशोव आदि। (2) विचित्र स्थितियों में किए गए अपराधों के लिए दण्डित प्राणी। क्रोध, ईर्ष्या, नशे में उन्होंने अपराध किए; उस स्थिति में उनपर फैसला देनेवाले भी वही करते। लगभग आधे अपराधी इसी कोटि में आते हैं। (3) इस वर्ग में वे अपराधी हैं जिनकी बुद्धि के अनुसार वे कार्य बिल्कुल स्वाभाविक, बल्कि शुभ भी थे किन्तु जिसे कानूननिर्माता अपराध मानते हैं। (4) इस वर्ग में वे आते हैं जो सामान्यजन की अपेक्षा नैतिक दृष्टि से अधिक साहस रखते हैं। (5) इस वर्ग में वे अभागे प्राणी हैं जिनके विरुद्ध समाज ने उससे अधिक पाप किया है जितना उन्होंने समाज के विरुद्ध किया है। निरन्तर के उत्पीड़न एवं प्रलोभन ने उन्हें विकृत कर दिया है। जिस

शोषणकारी परिस्थिति में वे जीते हैं वह उन्हें अपराधों की ओर प्रेरित करती है। इन अपराधियों में न जाने कितनी शक्ति, कितनी संभावनाएं निहित हैं पर वे अपंग कर दिए गए हैं। वह अपने से एक सीधा सवाल पूछता था, "किसलिए और किस अधिकार से कुछ लोग दूसरों को बंद कर देते, पीड़ा देते, निर्वासित करते, कोड़े लगाते और फांसी दे देते हैं, जबकि वे स्वयं भी वैसे ही हैं जिन्हें वे दण्डित करते हैं?"

मस्लोवा तथा अन्य बन्दियों की मण्डली 5 जुलाई को अपनी लम्बी यात्रा पर रवाना होनेवाली थी, उसी दिन नेख्लुदोव ने भी यात्रा की तैयारी की। एक दिन पहले उसकी बहिन, पतिसहित, आ गई। बहिन दस साल बड़ी थी। वह बचपन से ही नीकोलेंका को बहुत प्यार करती थी। दोनों एक-दूसरे के गले मिले और बड़े खुश हुए। (बहिन) नथाली को अपने भाई की दो समस्याओं में विशेष दिलचस्पी थी। एक तो कतूशा के साथ उसका विवाह, दूसरी अपनी ज़मीन का किसानों को दान। एक तरह से कतूशा से भाई का विवाह उसे अच्छा लगा क्योंकि इसमें एक दृढ़ निश्चयी पुरुष की छाया थी किन्तु जब वह सोचती कि उसका भाई एक निम्न कोटि की स्त्री से शादी करने जा रहा है तो भय से कांप उठती थी। दूसरी बात से उसे उतनी दिलचस्पी न थी परन्तु बहनोई रोगोज़िंस्की उसके घोर विरुद्ध था और इसे मूर्खता और अहंकार की चरम अभिव्यक्ति मानता था।

बहिन ने बातचीत के सिलसिले में उससे कहा, "ऐसे जीवन की अभ्यस्त होने के बाद तुम उसे कैसे सुधारोगे?"

"मैं उसे नहीं, अपने को सुधारना चाहता हूं।" नेख्लुदोव ने कहा।

"मैं नहीं समझती कि तुम सुखी होगे।"

"मेरे सुख का सवाल नहीं है।"

"उसे हृदय होगा तो वह भी सुखी न होगी।"

"वह तो विवाह करना चाहती नहीं।"

"मैं समझती हूं। जीवन की मांग कुछ और है।"

"उसकी मांग इसके सिवा और कुछ नहीं है कि जो कुछ उचित है वही हम करें।"

इसी समय रोगोज़िंस्की आ गया। नेख्लुदोव ने प्रणामपूर्वक उसका स्वागत किया। उसने पूछा, "तुम्हारा प्रयोजन क्या है? नेख्लुदोव ने पूरी कथा सुना दी, फिर बोला, "मुझे पूरा विश्वास हो गया है कि

कानून द्वारा दण्डित अधिकांश मनुष्य निर्दोष होते हैं।"

"न्याय में भूलें तो होती ही रहेंगी। मानवीय प्रथाएं कभी पूर्ण नहीं हो सकतीं।"

"बहुत-से ऐसे भी दण्डित हैं जिन्होंने अपने समाज की दृष्टि से कोई अपराध नहीं किया है।"

"क्षमा करो, मैं यह नहीं मानता। हर चोर जानता है कि चोरी गलत है, अनैतिक है।"

"नहीं, वह नहीं जानता। लोग उससे कहते हैं 'चोरी मत करो' पर वह देखता है कि कारखाने का मालिक उसकी तनखाह रोककर चोरी करता है। सरकार निरन्तर कर लगाकर उसे लूटती है। वह जानता है कि सरकार उसे लूटती है; हम जमींदार उसे बहुत समय से लूटते आ रहे हैं। हमने उसकी भूमि लूट ली जो सबकी समान सम्पत्ति मानी जानी चाहिए। भूमि किसीकी सम्पत्ति नहीं हो सकती—वह खरीदी-बेची जाने-वाली चीज़ नहीं है।"

"जायदाद का अधिकार मनुष्य में जन्मगत है; बिना भूस्वामित्व के भूमि जोतने में किसीकी दिलचस्पी नहीं रह सकती। अधिकारों को नष्ट करते ही हम बर्बर युग में चले जाएंगे···दिमित्री, जो कुछ तुम कह रहे हो वह उन्माद-मात्र है।"

इस अप्रिय प्रसंग को दूर करने के लिए नथाली ने दूसरा ही विषय छेड़ दिया किन्तु थोड़ी देर बाद उसमें भी साले-बहनोई में बहस छिड़ गई। बहनोई का कहना था कि कानून का उद्देश्य न्याय करना है; साले का कहना था, "कानून का उद्देश्य केवल वर्गगत स्वार्थ का रक्षण है। वर्तमान व्यवस्था को, जो हमारे वर्ग के लिए लाभदायक है, पुष्ट करना ही कानून का उद्देश्य है। सिद्धांत में भले न्याय कानून का लक्ष्य हो परन्तु व्यवहार में ऐसा नहीं देखा जाता है कानून केवल प्रचलित अवस्था को सुरक्षित रखने के लिए है। जेल में बन्द करके लोगों का सुधार! क्या बढ़िया तरीका है।···इससे तो पुराना तरीका ही अच्छा था—हां, यह तर्कसम्मत है कि मनुष्य को ऐसा दण्ड दिया जाए कि वह भविष्य में दुष्कृत्य न करे; यह भी तर्कसम्मत है कि जब कोई आदमी समाज के लिए खतरनाक हो तो उसका सिर काट लिया जाए। इनका कुछ अर्थ है किन्तु जो मनुष्य बेकारी और बुरे उदाहरणों से दूषित हो गया है उसे ऐसी जेलों में बन्द रखने का क्या अर्थ है जहां वह अत्यन्त

विकृत मनुष्यों के सम्पर्क में रहता है? और यह सब प्रजा के पैसों से होता है! ये बन्दीगृह हमारी रक्षा को निश्चित नहीं बना सकते क्योंकि ये बन्दी सदा के लिए जेल में नहीं रहते, पुनः मुक्त होते हैं। और बन्दीगृह में रहते हुए वे घोर पापों एवं विकृतियों के संसर्ग में रहते हैं इसलिए खतरा बढ़ जाता है।"

"तब क्या हम घूमते और लोगों की हत्या करते फिरें, लोगों की आंखें निकालते फिरें?"

"हां, वैसा करना निर्दय तो होगा पर प्रभावकारी होगा। अभी जो किया जाता है वह निर्दय तो होता ही है, इतना अप्रभावकारी एवं मूर्खतापूर्ण भी होता है कि आश्चर्य होता है कि लोग अपने होश-हवास में रहते हुए आपराधिक कानून जैसे वाहियात एवं निर्दय कार्य में कैसे भाग लेते हैं।...."

रोगोज़िंस्की की आखों में आंसू आ गए और वह उठ गया। नेख्लुदोव ने देख लिया। उसे बड़ी लज्जा और वेदना हुई। होटल जाते हुए उसने सोचा, 'मेरी बातें ठीक हो सकती हैं—परन्तु जब मैं इस प्रकार भावावेश में बह जा सकता हूं तब मुझमें निश्चय ही बहुत कम परिवर्तन हुआ होगा और मैंने नताशा (नथाली बहन) को भी चोट पहुंचाया होगा।"

बन्दियों की मंडली अगले दिन 3 बजे तीसरे पहर रेल से भेजी जानेवाली थी इसीलिए दोपहर तक जेल जाने और वहां से उस मंडली के साथ स्टेशन जाने के लिए नेख्लुदोव जल्दी-जल्दी तैयारी करने लगा। जब वह सामान पैक कर रहा था तब उसे अपनी डायरी दीख पड़ी। उसमें पीटर्सबर्ग जाने के पहले उसने लिखा था, "कतूशा मेरा बलिदान स्वीकार करने की इच्छा नहीं रखती ; वह अपना बलिदान करना चाहती है।...उसके आन्तरिक परिवर्तन से मैं आनन्दित हूं। वह पुनः जीवन की ओर लौट रही हैं।...अस्पतालवाली बात से मुझे कितनी वेदना हुई। मैंने उससे तिरस्कारपूर्वक बातें कीं; फिर सहसा मुझे याद आया कि जिसके लिए मैं उससे घृणा कर रहा हूं वह खुद न जाने कितनी बार कर चुका हूं और मनोजगत् में अब भी उससे मुक्त नहीं हूं।... कल एक नया जीवन आरम्भ होगा... ।"...तैयारी करके वह सो गया। दूसरे दिन सुबह जब उसकी आंख खुली तो पिछले दिन अपने बहनोई के साथ किए व्यवहार पर उसे दुःख हुआ। उसने जाकर उससे क्षमा मांगने की सोची पर घड़ी देखने से मालूम हुआ कि अब समय नहीं है।

उसकी ट्रेन बन्दियों की ट्रेन के दो घंटे बाद जानेवाली थी। इसलिए सामान उसने थ्यूडोसिया के पति तारस के द्वारा, जो थ्यूडोसिया के साथ जा रहा था, स्टेशन भेज दिया और तांगा लेकर जेल जा पहुंचा। धीरे-धीरे बंदी जेल से बाहर निकले। यद्यपि अन्दर उनकी गिनती की जा चुकी थी किन्तु कन्वाई सैनिकों ने पुनः-पुनः बाहर भी उन्हें गिना। जो स्त्री-पुरुष और बच्चे दुर्बल एवं अशक्त थे वे छकड़ों में भरे जाने लगे। और भी बहुतेरे छकड़ों पर बैठना चाहते थे किन्तु अफसर ने डांट-कर उन्हें हटा दिया—सिर्फ एक बूढ़ा बेड़ियों में जकड़ा कैदी छकड़े पर और लिया गया। फिर गहरी, सिर और कलेजे को छेदनेवाली धूप में वे सब स्टेशन की ओर रवाना हुए।

गर्मी असह्य होती जा रही थी। सड़क के उस छोर पर एक बड़े मकान के सामने भीड़ लगी थी। नेख्लुदोव ने तांगा रुकवा दिया। देखा—नाले के पास एक वृषभस्कंध लाल दाढ़ीवाला बूढ़ा कैदी गिरा हुआ है। सिर नीचे और पांव ऊपर की ओर हैं। चेहरा बिल्कुल लाल। बीच-बीच में गहरी सांस लेता और कराहता है। उसकी रक्तिम आंखें आकाश की ओर लगी हुई हैं। पास ही एक पुलिस सिपाही एक क्लर्क, एक बूढ़ी स्त्री तथा दूसरे लोग खड़े हैं। क्लर्क ने कहा, "बेचारे कमजोर तो हैं ही। इतने दिनों से बन्द पड़े थे। अब इस भयंकर गर्मी में ले जाया जा रहा है।" लोग पानी लाए। मुंह में पानी डाला गया पर वह बाहर निकल गया। सिर पर पानी डाला गया। पर उसकी हालत खराब होती गई। उसे पुलिस स्टेशन ले जाया गया। डाक्टर ने आकर देखा और कहा, "इसे मृतक गृह में ले जाओ।"

नेख्लुदोव पुनः तांगे पर चला। सौ ही कदम गया होगा कि छकड़े पर रखी दूसरे कैदी की लाश दिखाई पड़ी। छकड़ावाला घोड़े की रास पकड़े पैदल चल रहा था और पुलिस का सिपाही साथ था। उसे भी पहले की भांति पुलिस स्टेशन के अस्पताल में ले जाया गया। डाक्टर ने दिल के पास कान लगाकर देखा और बोला, "इससे ज़्यादा मरा और क्या होगा?"

नेख्लुदोव ने डाक्टर से पूछा, "ऐसा क्यों हुआ?"

डाक्टर बोला, "क्यों? क्या तुम पूछ रहे हो कि वे लू से क्यों मरते हैं? इसलिए कि जाड़े-भर ये बिना कसरत और रोशनी के बिठा रखे जाते हैं; फिर सहसा ये धूप में ले जाए जाते हैं।"

"तो वे इस तरह भेजें क्यों जाते हैं?"

"यह तो उनसे पूछो जो उन्हें भेजते हैं।"

जब नेख्लुदोव स्टेशन पहुंचा तो देखा कि सब बन्दी रेल का छड़दार खिड़कीवाले डिब्बों में बैठ चुके हैं। कुछ लोग उन्हें विदा करने आए हैं और प्लेटफार्म पर एक ओर खड़े हैं। उन्हें निकट आने की मनाही है। नेख्लु-दोव ने सार्जेण्ट को कुछ टिका दिया जिससे उसने उसे थोड़ी देर के लिए गाड़ी के निकट जाने दिया। तीसरे डिब्बे में स्त्रियां बैठी थीं। थ्यूडोसिया सामने ही थी। उसने दूसरी ओर बैठी मस्लोवा को इशारा किया। मस्लोवा जल्दी-जल्दी खिड़की पर आई और मुस्कराते हुए बोली, "बड़ी गर्मी है।" नेख्लुदोव ने पूछा, "जो चीजें मैंने तुम्हें भेजी थीं, मिल गई?" मस्लोवा बोली, "हां, धन्यवाद।" थ्यूडोसिया बीच में बोली, "क्या हमें पीने को पानी मिल सकता है?" मस्लोवा ने भी अनुरोध किया। नेख्लुदोव ने कहा, "मैं साथ जानेवाले रक्षकों से कहूंगा। अब निज़ानी पहुंचने के पूर्व हम लोगों की भेंट न होगी।"

मस्लोवा—क्या आप जा रहे हैं?

नेख्लुदोव—हां, मैं दूसरी ट्रेन से जा रहा हूं।

मस्लोवा ने कुछ कहा नहीं किन्तु एक गहरी सांस ली।

इसी समय सार्जेण्ट ने नेख्लुदोव को हटा दिया। गाड़ी चल पड़ी। नेख्लुदोव और तारस एक जगह खड़े होकर देखने लगे। स्त्रियों का डिब्बा सामने आया। मस्लोवा अन्य स्त्रियों के साथ खिड़की पर खड़ी थी; नेख्लुदोव को देखकर वह मुस्कराई; उस मुस्कान में करुणा भरी थी।

थोड़ी देर बाद स्टेशन पर ही नेख्लुदोव को उसकी बहन और मिसी मिल गईं। मालूम हुआ कि कोर्चगिन परिवार का ग्राम्य भवन जल गया है इसलिए वे अपनी मौसी के यहां जा रहे हैं। नेख्लुदोव ने मिसी का अभिवादन किया, फिर अपनी बहन की ओर घूमकर कहा, "मुझे बड़ी प्रसन्नता है कि तुम आईं।...कल लौटने के बाद मुझे ऐसा अनुभव हुआ कि मैं तुम्हारे पति के प्रति कुछ दुर्विनीति था इसलिए अपने व्यवहार के लिए दुःख प्रकट करने जा रहा था पर यह सोचकर रुक गया कि पता नहीं वे इसे किस प्रकार ग्रहण करें।"

"मैं जानती थी कि तुम्हारे दिल में वह बात न थी," कहते-कहते बहन की आंखों में आंसू आ गए। उसने पूछा, "तुम क्या करने जा

रहे हो?" फिर कुछ दूर बैठी मिसी की ओर संकेत कर कहा, "क्या सब कुछ समाप्त हो गया?"

"हां, पूर्णतः। और मैं समझता हूं, दोनों ओर इसका कोई दुःख नहीं है। मैंने कतूशा से विवाह करने का निश्चय किया है किन्तु वह निश्चित रूप से और बड़ी दृढ़ता से इनकार कर रही है। वह मेरा बलिदान स्वीकार करने को तैयार नहीं बल्कि स्वयं अपना बलिदान कर रही है—जो उसकी स्थिति को देखते बहुत बड़ा त्याग है। मैं इसीलिए उसके साथ जा रहा हूं कि जितना सम्भव हो सकेगा, उसके कष्ट को कम करूंगा।" बात करते-करते नेख्लुदोवअपने डिब्बे के पास जा खड़ा हुआ, वहां तारस भी था। उसने बहिन को तारस का परिचय दिया। बहिन ने कहा, "क्या तीसरे दर्जे में जाओगे?" नेख्लुदोव ने कहा, "हां, तारस के साथ जाने में मुझे सुविधा होगी। हां, तुमसे एक बात कहनी है। अभी तक काउसमिंस्की की भूमि मैंने किसानों को नहीं दी है। यदि मैं मर जाऊं तो वह तुम्हारे पुत्रों की होगी।"

"नहीं, नहीं, दिमित्री!" नथाली ने कहा।

"मेरे विवाह करने की कोई सम्भावना नहीं है और विवाह किया भी तो मुझे बच्चे न होंगे···इसलिए···"

"दिमित्री, ऐसी बातें न करो···" फिर भी नेख्लुदोव ने देख लिया कि उसकी बातों से बहन को खुशी हुई है।

जब गाड़ी चली तो नेख्लुदोव उस बंदी के बारे में सोचने लगा जो उसके सामने राह में गिरकर मर गया था, 'सबसे भयानक बात तो यह है कि कोई नहीं जानता कि किसने उसे मारा है। सहायक गवर्नर मस्लेन्निकोव ने कागज़ पर दस्तखत किए होंगे पर वह अपने को अपराधी नहीं मानेगा। जिस डाक्टर ने उनकी परीक्षा की होगी वह क्यों अपने को इसके लिए ज़िम्मेदार मानने लगा? वह भयानक गर्मी के बारे में क्या अनुमान कर सकता था और कैसे जान सकता था कि वे इतनी देर से भरी दोपहरी में रवाना होंगे। इंस्पेक्टर? पर उसने तो केवल आदेश का पालन किया। कन्वाई अफसर भी अपराधी नहीं हो सकता; उसका काम तो इतना ही था कि जितने स्त्री-पुरुष उसके चार्ज में दिए जाएं उन्हें वह ले जाए। नहीं, कोई अपराधी नहीं है। फिर भी कलंक से रक्षित इन्हीं लोगों द्वारा वे बेचारे मारे गए। बात यह है कि ये गवर्नर डाक्टर, इंस्पेक्टर, पुलिस अफसर सब समझते हैं कि ऐसी भी परिस्थितियां हैं जिनमें मानव-मानव के बीच मानवीय सम्बन्धों की आवश्यकता नहीं

रह जाती। ये ही आदमी यदि गवर्नर, डाक्टर, इंस्पेक्टर, पुलिस अफसर न होकर केवल आदमी होते तो यह देखकर कि एक आदमी दुर्बल है, हांफ रहा है, उसे छाया में ले जाते, पानी देते और कोई दुर्घटना हो जाने पर उसके लिए करुणाप्रकट करते। पर इन पदों पर रहते हुए न केवल उन्होंने ऐसा नहीं किया बल्कि जो करना चाहते थे उनके मार्ग में भी बाधा पहुंचाई। कारण यही था कि उन्होंने मनुष्य के रूप में अपने कर्तव्य को भुलाकर केवल अपने पद का ध्यान रखा।···बात यह है कि ये लोग उस चीज़ को वैध समझते हैं जो वैध नहीं है; ईश्वर ने मानव-हृदय पर जो शाश्वत, अलंध्य कानून लिख रखा है उसका विचार ही नहीं करते।··· जैसे पत्थर पर हरीतिमा नहीं उगती वैसे ही इनके हृदय में दया नहीं उपजती।···गलती इसी विचार में है कि परिस्थिति-विशेष में मनुष्य से प्रेम के बिना भी व्यवहार किया जा सकता है। वस्तुओं के साथ बिना प्रेम का आचरण संभव है—हम बिना प्रेम के अनुभव के पेड़ काट सकते, ईंटें पाथ सकते, लोहे को पीट सकते हैं किन्तु मानव के साथ बिना प्रेम के व्यवहार नहीं कर सकते। परस्पर प्रेम ही मानव-जीवन का आधारभूत नियम है।"

डिब्बा तरह-तरह के आदमियों से भरा हुआ था। खिड़की से हटकर नेख्लुदोव तारस के पास जा रहा था कि लम्बी सफेद दाढ़ीवाले यात्री ने अपना लबादा मोड़ते हुए कहा, "आइए, बैठिए।" नेख्लुदोव वहां बैठ गया। सामने बैठी किसान स्त्री, जिसके साथ सात साल की एक लड़की थी, बूढ़े से अपने पति के विषय में बात कर रही थी, "शहर में अपने आदमी से मिलने गई थी। उसने हमारा खूब सत्कार किया। बच्ची को देखकर बड़ा खुश हुआ।" बूढ़ा बोला, "हां, जब-तब उसके पास जाकर देखते रहना चाहिए नहीं तो वह आफत में फंस सकता है।" औरत झटबोल उठी, "नहीं, दादा मेरा आदमी वैसा नहीं है। उसमें कोई बुराई नहीं; वह एक किशोरी की भांति निर्दोष है। अपनी कमाई का एक-एक पैसा वह घर भेजता है। वह शराब, सिगरेट कुछ नहीं पीता। संसार में बहुत ही थोड़े लोग ऐसे होंगे।"

उधर तारस अपने सामने के आदमी से अपनी आपबीती सुना रहा था। जब पता चल गया कि थ्यूडोसिया ने मुझे जहर देने की कोशिश की तो मां ने पुलिस को सूचना देने की बात कही। पिताजी ने समझाया कि 'जाने दो; अभी वह बच्ची है और उसे यह ज्ञान नहीं था कि क्या कर

रही है। अपने-आप उसे बुद्धि आ जाएगी, परन्तु मां ने नहीं माना, कहा, 'वह यहां रही तो हम सबको तिलचट्टों की भांति मार डालेगी। मैं तो पेट की गहरी वेदना और उलटी से परेशान था, लगता था कि मेरी सारी आंतें निकल आएंगी, बोल भी नहीं सकता था। मां की ज़िद पर पिता उसे पुलिस थाने और मजिस्ट्रेट के यहां ले गए। थ्यूडोसिया ने अपना अपराध नहीं छिपाया। कहती रही, 'मेरा पति मुझसे घृणा करता है इसलिए उसके साथ रहने से साइबेरिया का निर्वासन अच्छा है।' वह जेल में बन्द कर दी गई। कुछ दिनों बाद हम लोगों ने ज़मानत पर उसे छुड़ाने का प्रयत्न किया। रिश्वत देने पर ज़मानत मंजूर हो गई। मैं छकड़े पर खुद उसे बैठाकर लाया। रास्ते-भर हम चुप रहे। घर जब नज़दीक आ रहा था तब उसने कहा, 'मां कैसी हैं, जीती हैं?' 'हां, जीती हैं।' 'और पिताजी?' 'हां।' 'तारस, मुझे क्षमा कर दो, मैं नहीं जानती थी कि क्या कर रही हूं।' मैंने कहा, 'मैंने तो तुझे बहुत पहले क्षमा कर दिया है पर शब्दों से काम नहीं चलता।' हम घर आए। वह मां के चरणों में गिर पड़ी; क्षमा मांगी। मां ने कहा, 'ईश्वर तुझे क्षमा करे।' पिताजी ने स्वागत करते हुए कहा कि पुरानी बातें भूलकर वह अच्छी तरह रहे। उस दिन से वह घर गृहस्थी और खेती-बारी में भूत की तरह मेहनत करने लगी। सबको देखकर आश्चर्य होता था।...वह मुझे इतना चाहने लगी जैसे हम दोनों एक ही प्राण हों। मां तक कहती हैं कि यह थ्यूडोसिया वह नहीं, दूसरी ही है।...अब मैं उसके बिना रह नहीं सकता। उसके साथ मैं साइबेरिया जा रहा हूं।"

सारी यात्रा में नेख्लुदोव ने किसानों, गरीब यात्रियों को निकट से देखा और उसे लगा, जैसे यह एक बिलकुल नई और दूसरी ही दुनिया है—ईमानदारी के साथ श्रम करनेवालों की दुनिया। उसे एक नई, अब तक अज्ञात और सुन्दर जगत् का आविष्कार करनेवाले यात्री के आनन्द का अनुभव हो रहा था।

तृतीय भाग

तीन हज़ार मील की लम्बी यात्रा पूरी करके मस्लोवा और दूसरे बन्दियों की मण्डली, पर्म पहुंची। यहां मस्लोवा को अन्य बन्दियों से अलग करके राजनीतिक बन्दियों के साथ रखने की नेख्लुदोव की चेष्टा

सफल हुई। पर्म तक की यात्रा मस्लोवा के लिए बड़ी दुःखद थी। पड़ाव आते ही बन्दी, सिपाही सभी उसके इर्द-गिर्द घूमने लगते। भ्रष्टाचार इतना बढ़ा हुआ था कि मस्लोवा का जीवन दूभर हो गया। सब उससे भद्दे मज़ाक करते, उसे छेड़ते और वह सदा आतंक और भय की स्थिति में रहती। थ्यूडोसिया की भी यही हालत थी परन्तु निझ़नी में झगड़ा करके तारस ने अपने को इसलिए गिरफ़्तार करा दिया कि वह अपनी पत्नी के साथ रहकर उसकी रक्षा कर सके। तब से मस्लोवा की स्थिति भी कुछ अच्छी हो गई थी किन्तु राजनीतिक बन्दियों के साथ रख देने पर तो उसकी स्थिति बहुत ज़्यादा सुधर गई। क्योंकि उन्हें टिकने को ज़्यादा अच्छी जगह और खाने का अच्छा भोजन मिलता था। राजनीतिक बन्दियों के बीच उसकी इज़्ज़त-आबरू भी सुरक्षित हो गई। सबसे ज़्यादा लाभ तो मस्लोवा को यह हुआ कि उसका परिचय कुछ ऐसे लोगों से हो गया जिनका उसके चरित्र पर बड़ा अच्छा प्रभाव पड़ा। मस्लोवा ठहरती तो राजनीतिक बन्दियों के साथ थी किन्तु स्वस्थ महिला होने के कारण सामान्य बन्दियों की भांति ही पैदल यात्रा पूरी करती थी। उसके साथ दो और राजनीतिक बन्दी भी पैदल चलते थे—एक तो थी मेरी पावलोव्ना—वहसुन्दर लड़की जिसने जेल में दुखोवा से मिलने जाने पर नेख्लुदोव का ध्यान खींच लिया था, दूसरा बन्दी था—साइमंसन। मेरी ने अपनी जगह एक गर्भवती बन्दिनी को छकड़े पर बैठा दिया था और साइमंसन ने किसी प्रकार की विशेष सुविधा प्राप्त करने से इन्कार कर दिया था।

एक बड़े कस्बे के पड़ाव से सुबह सब चलने की तैयारी कर रहे थे कि अफसर का क्रोधयुक्त भयानक स्वर सुनाई पड़ा, फिर एक आघात का शब्द हुआ, फिर एक शिशु का रोदन सुनाई पड़ा। सब बन्दियों के कान खड़े हो गए। मेरी और कतूशा ने वहां जाकर देखा कि अफसर एक बंदी को मारता और गाली देता है और वह बेचारा एक हाथ से अपने मुंह से बहता खून पोंछ रहा है और दूसरे से एक छोटी बच्ची को पकड़े हुए है। बात यह थी कि तोमस्क में उसकी पत्नी टाइफाइड से मर गई थी और अब उसे बच्ची को गोद में लेकर चलना पड़ रहा था। अफसर उसके पांव दूसरे बन्दी के पांव के साथ बांधना चाहता था। उसका कहना था कि मैं बच्चे को लेकर इस प्रकार कैसे चल सकता हूं; अफसर कहता था कि उसे बच्ची से मतलब नहीं, वह यहीं की किसी औरत को दे दे। ऐसे समय मेरी पावलोव्ना ने सामने आकर अफसर से

कहा, "आप मुझे यह बच्ची रखने की इजाज़त देंगे?" अफसर ने मेरी के मंजुल मुख और सुन्दर दीर्घ नयनों की ओर देखा, कुछ द्रवित हुआ और बोला, "चाहो, तो ले जाओ।" मेरी ने बच्ची को बुलाया किन्तु वह पिता से और चिपट गई। तब मस्लोवा ने कुछ खाने की चीज़ दिखा-कर उसे बुलाया, वह तुरन्त मस्लोवा के पास आ गई। मस्लोवा उसे लिए हुए बन्दियों के साथ चल पड़ी।

कष्टकर स्थिति के बावजूद राजनीतिक बन्दियों के साथ का यह जीवन कतूशा को नगर के छ: वर्षों के अपने विकृत जीवन से कहीं अच्छा लगा। पन्द्रह-बीस मील की दैनिक यात्रा और दो दिन की यात्रा के बाद एक दिन के विश्राम ने शरीर से उसे पुष्ट कर दिया तथा नये साथियों की बन्धुता ने उसके लिए दिलचस्पी से भरे एक ऐसे नये जीवन का द्वार खोल दिया जिसकी उसने कभी कल्पना भी न की थी। वह मन में कहती, 'सज़ा होने पर मैं रोती थी, पर अब जीवन-भर मैं प्रभु को धन्यवाद दूंगी। इसके कारण मैं वह जान पाई हूं जो कभी न जान पाती।' वह इन क्रांतिकारी राजनीतिक बन्दियों का उद्देश्य भली भांति समझती थी और उनसे पूरी सहानुभूति रखती थी। वह जानती थी कि खुद उच्च वर्गों के होते हुए भी वे उनके विरुद्ध और जनता के आदमी हैं; जनता के लिए ही उन्होंने अपनी सुविधाओं का, अपनी स्वतन्त्रता का, अपने जीवन का त्याग किया है। सबसे ज़्यादा वह मेरी पावलोव्ना से प्रभावित थी, बल्कि उसे श्रद्धायुक्त प्रेम भी करती थी। मेरी एक धनिक सेना-पति की पुत्री थी और उसका धनी भाई जो कुछ उसके लिए भेजता था सब दान कर देती थी और खुद मज़दूरों की भांति सरल से सरल ढंग से रहती थी। वह जानती थी कि वह सुन्दर है किन्तु उसके रूप का जो प्रभाव पुरुषों पर पड़ता था उससे उसे ज़रा भी प्रसन्नता नहीं होती थी; वह उससे भय खाती थी और उसमें प्रेम के मामलों के प्रति घोर अरुचि का भाव था। उसके शरीर में काफी ताकत थी जिससे उसे छेड़ने में लोगों को भय भी होता था।

कतूशा ने देखा कि मेरी चाहे जैसी भी स्थिति में हो, कभी अपने बारे में नहीं सोचती, सदा दूसरों की सहायता की चिन्ता में रहती है। दूसरों की सहायता-सेवा उसकी प्रकृति ही बन गई है। धीरे-धीरे दोनों में एक-दूसरे के लिए गहरा प्रेम हो गया था। दोनों में ही यौन प्रेम के प्रति गहरी विरक्ति थी—एक में इसलिए कि उसने उसका अत्यन्त विकृत रूप स्वयं देखा था, दूसरे में इसलिए कि स्वयं कभी उसका अनुभव न

करने पर भी वह उसे मानवीय सम्मान के विरुद्ध और घृणाजनक मानती थी।

मस्लोवा मेरी पावलोव्ना के प्रभाव के आगे इसलिए झुकती थी कि उसे प्रेम करती थी; साइमंसन मस्लोवा को इसलिए प्रभावित करता था कि वह उसे प्यार करता था।

संसार में हर आदमी कुछ अपने विचार के अनुसार और कुछ दूसरों के विचार के अनुसार जीवन बिताता है। कुछ के लिए चिन्तन एक मनः-क्रीड़ा है; वे बुद्धि और तर्क को एक ऐसा चक्र समझते हैं जो सम्बद्ध पट्टे से रहित हो। ऐसे लोग दूसरों के विचार, प्रथा और कानून से संचालित होते हैं; जबकि दूसरे, अपने सम्पूर्ण क्रिया-कलाप का शक्ति-स्रोत अपने ही विचारों को मानते हैं और सदा अपनी प्रज्ञा के अनुसार चलते हैं—दूसरों की सम्मति बहुत ही कम अवसरों पर ग्रहण करते हैं और वह भी अच्छी तरह उसे नापने-तौलने के बाद। साइमंसन इसी दूसरे प्रकार के व्यक्तियों मे था। जब वह स्कूल का छात्र था तभी अपने पिता से, जो एक सरकारी कार्यालय में वेतन अधिकारी थे कह दिया था कि उनकी आय ईमानदारी के साथ कमाई आय नहीं है। साइमंसन ने घर छोड़ दिया और पिता की सहायता लेने से इन्कार कर दिया। उसने सोच-विचारकर निष्कर्ष निकाला कि मनुष्यों का सारा दुःख उनके अज्ञान के कारण है इसलिए यूनिवर्सिटी से निकल ज्योंही एक गांव में शिक्षक हुआ, समाजवादी दल में शामिल हो गया और खुले आम अन्याय का विरोध करने लगा। गिरफ्तार हुआ, उसपर मुकदमा चला। उसने कहा कि जजों को उसपर फैसला देने का कोई अधिकार नहीं है। उसने मुकदमे के दौरान में जजों के किसी भी सवाल का जवाब नहीं दिया। उसे आर्केंगल प्रान्त में निर्वासित कर दिया गया, जहां उसने एक नवीन धर्म-सिद्धान्त की रचना की। इस सिद्धान्त के अनुसार संसार का प्रत्येक पदार्थ चेतन है, कुछ भी जीवनरहित नहीं; जिन पदार्थों को हम जड़ मानते हैं वे एक ऐसे महाचैतन्य के अंश हैं, जिसकी कल्पना हम नहीं कर पाते। चूंकि मनुष्य इस सम्पूर्ण का एक अंश है इसलिए उसे उस सम्पूर्ण शरीर के अंगों के जीवन की रक्षा करनी चाहिए। इसीलिए वह युद्ध, प्राणदंड और सब प्रकार की हत्या (न केवल मनुष्यों बल्कि पशुओं की भी) के विरुद्ध था। विवाह के विषय में भी उसका विचित्र सिद्धान्त था। उसका विचार था कि सन्तानोत्पादन मानव का निष्कृष्ट कार्य है,

उसका सर्वोच्च कार्य वर्तमान जीवन की सेवा है। इस बात से उसके सिद्धान्त को पुष्टि मिली कि रक्त में भी 'फैगोसाइट' होते हैं; अविवाहित लोग भी इसी फैमोसाइट की भांति हैं, उनका काम दुर्बल एवं अस्वस्थ कणों की सहायता करना है। वह अपने और मेरी को फैगोसाइट समझता था और उसके अनुसार जीवन बिताने की चेष्टा करता था। कतूशा के प्रति उसके प्रेम से इस सिद्धान्त का विरोध नहीं होता था क्योंकि उसका प्रेम अशरीरी था।

मस्लोवा पर, अपने प्रेम के कारण, उसका बड़ा प्रभाव था। स्त्री की सहज प्रेरणा से मस्लोवा उसके प्रेम को अनुभव करती थी। वह ऐसे उच्च मानव में प्रेम जगा सकती है, इस चेतना ने उसके आत्मसम्मान को ऊंचा उठा दिया था। उससे विवाह करने के प्रस्ताव के पीछे नेख्लुदोव की उच्च हृदयता और अतीत में घटित घटना थी किन्तु साइमंसन जिस रूप में वह थी उसी रूप में उसे प्यार करता था; वह सिर्फ इसलिए उसे प्रेम करता था कि उसे प्रेम करता था। फिर वह अनुभव करती थी कि साइमंसन उसे उच्च नैतिक गुणों से पूर्ण स्त्री मानता है, इसलिए उसे निराश न करने के लिए वह अपने सर्वोत्तम गुणों को विकसित करती रहती थी।

पर्म से रवाना होने तक नेख्लुदोव की कतूशा से केवल दो बार भेंट हुई—एक बार नीज़नी में, बन्दियों के जहाज़ पर बैठने के पूर्व और दूसरी बार पर्म के जेल-कार्यालय में। दोनों बार उसने उसे उदासीन पाया—जैसे एक दूरी आ गई हो। उसे लगा कि यात्रा की कठोर स्थिति का उसपर फिर वहीं निराशाजनक और विकृतिकारी प्रभाव पड़ रहा है जिसने पहले जेल में रहते समय उसके प्रति विरक्तिमयी बना दिया था। पर राजनीतिक बन्दियों के साथ रहने के बाद से उसमें शुभ परिवर्तन दिखाई पड़ रहे थे। जब वह तोमस्क में उससे मिला तो उसी मांगलिक रूप में थी जैसी यात्रा के पूर्व उससे मिली थी। कतूशा उससे बड़े आनन्द और सरलता के साथ मिली; उसके लिए जो कुछ कर रहा है उसके प्रति कृतज्ञता से भरी। यद्यपि दो मास की कठोर यात्रा के कारण धूप से उसका चेहरा धूमिल पड़ गया था और माथे पर कहीं-कहीं सिकुड़न आ गई थी किन्तु उसमें निम्नकोटि के हाव-भाव का सर्वथा अभाव था। आन्तरिक परिवर्तन उसमें स्पष्ट दिखाई पड़ रहा था। नेख्लुदोव को इससे बड़ा सुख हुआ। इधर कुछ दिनों से नेख्लुदोव को कतूशा के प्रति

एक सर्वथा नूतन भाव की अनुभूति हो रही थी—यह पहले जैसे प्रेम या शारीरिक आकर्षण की अनुभूति न थी, न अपने कर्तव्य-पालन की भावना थी—यह दया और कोमलता की भावना थी—वही भावना उसने जेल में उसे पहली बार देखकर और दूसरी बार स्वास्थ्य-सहायकवाली बात पर उसके कल्पित दोष के लिए उसे क्षमा करने पर अनुभव की थी; पर अन्तर यही था कि पहली बार वह क्षणिक थी और अब स्थायी। अब उसके हर काम में दया और कोमलता आ गई थी, केवल उसके लिए कोमलता नहीं बल्कि समस्त प्राणियों के लिए। सारे जगत् के लिए उसका हृदय प्रेम से भर गया था। अब वह हरएक की सुविधा का ख्याल करने लगा था। मस्लोवा के कारण अनेक राजनीतिक बन्दियों विशेषतः उसके साथियों से, नेख्लुदोव का अच्छा परिचय हो गया था। इन राजनीतिक कैदियों के साथ तो किसी प्रकार के न्याय की छाया भी न थी। वे जेल में पड़े केवल इसलिए सड़ रहे थे कि उनका भाग्य किसी पुलिस अफसर या जासूस, या सरकारी अभियोजक, या गवर्नर, या मिनिस्टर की फुर्सत पर निर्भर करता था और किसीको उनपर विचार की जल्दी के लिए कोई प्रोत्साहन-सामग्री प्राप्त न थी। नेख्लुदोव को, परिचय के बाद, मालूम हुआ कि न तो वे नीच हत्यारे हैं जैसा सरकारीजन कहते हैं, न वे बड़े बहादुर हैं जैसा जनता समझती है; वे मामूली आदमी हैं—दूसरों ही जैसे, कुछ भले, कुछ बुरे।

कतूशा के साथ चलनेवाले राजनीतिक बन्दियों में काइल्तज़ोव भी एक था। इधर नेख्लुदोव से उसकी अच्छी घनिष्ठता हो गई थी। उसने अपनी कहानी नेख्लुदोव को सुनाई थी, "मेरे पिता एक बड़े ज़मींदार थे। वे मेरे बचपन में ही मर गए। मेरी मां ने मुझे पाला। स्कूल और यूनिवर्सिटी में मैं बहुत अच्छे छात्रों में था। और मैं एक लड़की को चाहने लगा। मेरी इच्छा उससे विवाह करने और ग्राम्य-शासन में भाग लेने की थी। इसी ज़माने में कुछ साथी छात्रों ने मुझसे किसी कार्य के लिए आर्थिक सहायता मांगी। बन्धुता के नाते मैंने वह सहायता दे दी। वे लोग पकड़े गए; फिर उनके कागज़ों में मेरा भी नाम लिखा निकला; इसलिए मैं भी पकड़ लिया गया। जेल में मेरा परिचय विख्यात पेत्रोव से हुआ जिसने बाद में किले में बन्द रहते समय शीशे की सहायता से आत्महत्या कर ली। पर उस समय भी मैं क्रान्तिकारी नहीं था। जेल में लोज़िंस्की नामक एक पोल तथा रोज़ोव्स्की नामक एक यहूदी से,

जो रलवे स्टेशन ले जाते समय बन्दियों में से भाग खड़े हुए थे, मेरी भेंट हुई। रोज़ोव्स्की तो 17 ही साल का था बल्कि देखने में 15 साल का ही लगता था। हम लोग बीच में दीवारें होते हुए भी गाते और दीवार ठकठकाकर एक-दूसरे से बातें किया करते थे। बाद में इन दोनों को फांसी दे दी गई। उस घटना ने हमारा दिल हिला दिया। ऐसे खिलते यौवन, सुन्दर हंसती आंखों पर जिन लोगों ने मौत का पर्दा गिरा दिया, वैसे लोगों की सरकार को अपदस्थ करने के लिए मैं क्रान्तिकारी दल में शामिल हो गया। छूटने पर फिर पकड़ा गया। दो साल तक जेल में रहने के बाद मुझे भी फांसी की सजा हुई परन्तु बाद में वह आजीवन सपरिश्रम कारावास में बदल दी गई। जेल में ही मुझे तपेदिक हो गई। अब तो मैं चंद महीनों का मेहमान हूं परन्तु मुझे अपने जीवन पर कोई दुःख नहीं है और यदि मेरा दूसरा जन्म हुआ तो मैं फिर ऐसी परिस्थिति को बदलने की चेष्टा करूंगा।"

जिस दिन अफसर ने कैदी को बच्ची के साथ रखने पर मारा था, उसकी दूसरी सुबह को नेख्लुदोव गांव की सराय में देर से सोकर उठा। फिर कुछ चिट्ठियां लिखीं और शाम को अंधेरे में दूसरे पड़ाव पर पहुंचा। पिछले छः पड़ावों में वह कतूशा से भेंट न कर सका था क्योंकि कोई बड़ा अफसर रास्ते से गुज़रने और कैदियों का निरीक्षण करनेवाला था इसलिए बड़ी सख्ती बर्ती जा रही थी और उसे मिलने की आज्ञा नहीं दी गई। अब वह अफसर, कैदियों का कोई निरीक्षण किए बिना, चला गया था। इसलिए आशा थी कि अब शायद आज्ञा मिल जाएगी। इसलिए शाम को ही वह कैदियों के कैम्प में गया। बड़ी मुश्किल से अफसर ने उसे मस्लोवा से मिलने की आज्ञा दे दी और वहां तक पहुंचाने के लिए साथ में एक सिपाही कर दिया।

आंगन से ही नेख्लुदोव को कैदियों का शोर सुनाई पड़ने लगा—जैसे छत्ते में मधुमक्खियों की गूंज हो। आगे बढ़ने पर गलियारे में तारस से उसकी भेंट हो गई जो गर्म पानी लिए जा रहा था। तारस ने बड़े प्रेम से नेख्लुदोव का स्वागत किया परन्तु उसका चेहरा खरोंचों से भद्दा हो हो रहा था, नाक और एक आंख के पास भी चोट का निशान था। नेख्लुदोव ने पूछा, "तुम्हें क्या हुआ?"

"कोई विशेष बात नहीं।" तारस ने मुस्कराते हुए कहा।

"थ्यूडोसिया कैसी है?"

"अच्छी है। उसकी चाय के लिए पानी ले जा रहा हूं।" तारस कहते हुए परिवार-कक्ष में चला गया।

आगे बढ़ने पर नेख्लुदोव ने अविवाहितों के कक्ष की ओर देखा— उसमें भी बड़ा शोरगुल हो रहा था; चारों ओर सूखने के लिए गीले कपड़े फैले हुए थे और उनसे भाफ निकल रही थी। यह कक्ष पारिवारिक कक्ष से भी अधिक जनाकीर्ण था। कुछ लोग रास्ते में खड़े हुए थे, इन्हीं में अपराधी फेदोरोव एक लड़के के साथ खड़ा था जिसका चेहरा फुल गया था; वहीं एक नकटा बंदी और खड़ा था जिसका चेहरा बीभत्स लगता था। उसके बारे में यह अफवाह थी कि उसने एक साथी को मारकर उसका मांस खाया था। नेख्लुदोव जब भी उनके बीच से गुजरता था उसे ऐसा लगता था कि उनकी आंखें उसपर लगीं हुई हों। ऐसे समय उस वर्ग के विरुद्ध किए गए पापों की लज्जा और चेतना से वह पीड़ित हो उठता था। इसके साथ ही घृणा और भय की भावना भी उसमें भर जाती थीं। नेख्लुदोव ने उन्हें बात करते हुए सुना, "इन हाथ-पांव न हिलानेवालों के लिए यही बड़ी बात है!···बदमाश, इनके पेट पर तो कोई आघात होता नहीं!···इसके बाद गाली तथा विद्वेष एवं व्यंग्यपूर्ण अट्टहास।

अविवाहित-कक्ष तक नेख्लुदोव को पहुंचाकर सार्जेण्ट चला गया और कह गया कि वह निरीक्षण के लिए नियत समय के कुछ पहले उसे लेने आएगा। सार्जेण्ट के जाते ही हथकड़ी संभालता, पसीने में डूबा एक बन्दी नेख्लुदोव के पास आकर फुसफुसाते हुए बोला, "उस लड़के की मदद कीजिए साहब! वह बड़ी विपत्ति में है। पीता रहा है। आज निरीक्षण में उसने अपना नाम कर्मनोव बताया। उसकी मदद कीजिए। हम कुछ कह नहीं सकते; सुनेंगे तो वे हमें मार डालेंगे।" इतना कहकर वह दूर हट गया। बात यह हुई थी कि कर्मनोव नाम के एक अपराधी ने अपने हमशक्ल एक साथी बन्दी को इसके लिए राजी कर लिया कि दोनों अपने नाम को एक-दूसरे से बदल लें और वह उसके बदले खानों में काम करने चला जाए और वह उसकी जगह सिर्फ निर्वासन का दण्ड झेल ले। नेख्लुदोव उस बन्दी से परिचित था। एकेतेरिनबर्ग में उस बंदी ने अपनी कहानी सुनाकर अपनी पत्नी को साथ रखने की अनुमति प्रदान कराने के लिए नेख्लुदोव की सहायता मांगी थी। उसका नाम मेकर देवकिन था; तीस साल की अवस्था। उसे हत्या

और लूट का प्रयत्न करने में चार साल का सपरिश्रम कारावास हुआ था। गांव-पंचायत ने उसके विषय में चरित्रवान होने का प्रमाणपत्र दिया था; जहां-जहां उसने काम किया था उन सब स्थानों से उसे सुशील होने का प्रमाणपत्र मिला। और इसी आदमी ने एक साथी बन्दी को श्रम से बचाने के लिए अपने ऊपर इतनी कष्ट की ज़िंदगी स्वीकार कर ली। न केवल उसने उसके लिए इतना त्याग किया था बल्कि बहुत बड़ा खतरा भी उठाया था क्योंकि मालूम होने पर उसे फांसी दे दी जाती।

राजनीतिक बन्दी दो कमरों में रखे गए थे। ये कमरे एक हाल के अन्दर कुछ स्थान छोड़कर एक ओर बने हुए थे। हाल में जाते ही नेख्लुदोव ने देखा कि साइमंसन एक चूल्हे पर अपने ढंग से प्रयोग कर रहा है। उसने देखते ही नेख्लुदोव का स्वागत किया, "आप आए, इससे मुझे बड़ी खुशी हुई। मैं आपसे कुछ बात करना चाहता हूं।" नेख्लुदोव बोला, "कहिए।" साइमंसन ने उत्तर दिया, "अभी तो मैं व्यस्त हूं; बाद में बातें करूंगा।" नेख्लुदोव पहले दरवाज़े के अन्दर प्रवेश कर ही रहा था कि झाड़ू से कमरे बुहारती, सामने कूड़े के ढेर को धकेलती मस्लोवा वहां आ गई। वह धूल से बचने के लिए सिर पर रूमाल बांधे हुए थी। नेख्लुदोव को देखते ही उसके चेहरे पर लाली दौड़ गई; उसने झाड़ू एक ओर रख दी। नेख्लुदोव ने हाथ मिलाते हुए कहा, "देखता हूं, तुम कमरे को स्वच्छ कर रही हो।" मस्लोवा ने मुस्कराकर कहा, "हां, यह तो मेरा पुराना पेशा ही ठहरा। पर यहां इतनी धूल आती है कि आप कल्पना नहीं कर सकते। हम इसे बार-बार साफ करते रहते हैं।" फिर घूमकर साइमंसन से पूछा, "क्या कंबल सूख गया?" 'करीब-करीब' कहकर उसने मस्लोवा की ओर ऐसी विचित्र दृष्टि से देखा कि वह दृष्टि नेख्लुदोव के दिल में गड़ गई, पर वह आगे बढ़ गया। कमरे में एक मामूली दीपक जल रहा था इसलिए सिर्फ उसके आसपास के बन्दियों को ही देखा जा सकता था। वहां नेख्लुदोव के परिचित कई बंदी थे। वीरा दुखोवा सामने अखबार फैलाए सिगरेट लपेट-लपेटकर रख रही थी। एमिली रंतज़ेवा थी जिसे नेख्लुदोव सबसे दिलचस्प और आनन्दी बन्दिनी समझता था। वह गृहिणी की भांति सारे कक्ष का प्रबन्ध रखती थी और उस कठोर स्थिति में भी एक पारिवारिक वातावरण बनाए रखने का प्रयत्न किए हुए थी। एक कोने में

मेरी पावलोव्ना रास्ते में मिली बच्ची के बाल गूंथ रही थी। इन तीनों ने नेख्लुदोव का प्रेमपूर्ण स्वागत किया। एक कोने में अनातोले काइल्तज़ोव बैठा उसकी ओर देख रहा था। नेख्लुदोव उधर बढ़ा किन्तु रास्ते में प्रसिद्ध क्रान्तिकारी नोवोदवोरोव बैठा मुस्कराती हुई सुन्दरी ग्रावेत्ज़ से बात कर रहा था। नेख्लुदोव क्रान्तिकारियों में इसी एक आदमी को नापसन्द करता था इसलिए हाथ मिलाकर जल्दी से काइल्तज़ोव की ओर बढ़ गया। और उसके ठंडे, कम्पित हाथ को अपने हाथ में लेकर दबाते हुए पूछा, "आप कैसे हैं?" उसने कहा, "अच्छा हूं परन्तु मैं गर्म नहीं हो पा रहा हूं। यहां भयंकर शीत है। देखिए, खिड़की के शीशे भी टूटे हुए हैं।···आप कैसे हैं? इधर आए क्यों नहीं?" नेख्लुदोव ने कहा, "अनुमति नहीं मिली थी। आज का अफसर कुछ नरम है।"

इसी समय नबातोव और मार्केल कोंद्रातीव नाम के दो राजनीतिक बन्दी वहां आ गए। नबातोव ने चायपात्र प्यालों के पास रखा और रंतज़ेवा को डबलरोटी देते हुए बोला, "ओह! हमारे प्रिंस ने आज फिर दर्शन दिया है। मार्केल दूध और अंडे लाया है। हम लोग आज नृत्य करेंगे और रंतज़ेवा अपनी सौन्दर्यमयी स्वच्छता का प्रदर्शन करेंगी।" नबातोव के मन-प्राण-शरीर, उसकी चाल-ढाल सब नवजीवन एवं स्फूर्ति से पूर्ण थी जबकि अधेड़ मार्केल इसका बिल्कुल उलटा था। नबातोव की आधी उम्र जेलों में ही बीती थी किन्तु उसमें ज़रा भी कटुता नहीं आई थी, वह सदा काम में लगा रहता था, सदा उत्फुल्ल रहता था। किसी बात पर पश्चात्ताप नहीं करता था और बहुत आगे की न सोचकर शुद्ध वर्तमान में अपने को व्यस्त रखता था। वह नोवोदवोरोव तथा उसके शिष्य मार्केल से बिल्कुल भिन्न विचार रखता था; वह सारी समाज-व्यवस्था को ध्वंस न करके पुरातन समाज-भवन के सुन्दर, सुदृढ़ एवं विशाल निर्माण की आन्तरिक दीवारों में ही परिवर्तन पर विश्वास रखता था। संसार का आरम्भ कैसे हुआ था सब आरंभों का आरम्भ क्या है, जीवन का भविष्य क्या है, ऐसे आध्यात्मिक प्रश्नों में वह कभी नहीं उलझता था। इसकी जगह वह यह सोचता था कि इस संसार में सर्वोत्तम ढंग से कैसे जिया जा सकता है। अपने पूर्वजों की भांति उसकी आत्मा में यह गूढ़ विश्वास निहित था कि मानव का नाश नहीं होता, केवल उसके रूप में परिवर्तन होता है।"

मार्केल दूसरे ही प्रकार का था। बीस वर्ष की अवस्था में जब वह

एक कारखाने में काम करता था, वहीं काम करनेवाली एक क्रान्तिकारिणी के परिचय में आया। महिला उसे पुस्तकें, पत्रिकाएं लाकर देती रहती। धीरे-धीरे उसने समझ लिया कि अपने को और दूसरों को उत्पीड़न की अवस्था से कैसे मुक्त किया जा सकता है। उसे राज्य का अन्याय बड़ा ही पीड़ाकारी और भयंकर लगने लगा। वह उत्पीड़नकारियों से बदला लेने का स्वप्न देखने लगा। बाद में वह क्रान्तिकारीदल में शामिल हो गया। एक बड़ी हड़ताल का संचालन किया, जिसमें वह कारखाना नष्ट हो गया और एक डाइरेक्टर की हत्या कर दी गई। तभी वह पकड़कर निर्वासित कर दिया गया। वर्तमान अर्थ-व्यवस्था की भांति धर्म के विषय में भी उसके विचार नकारात्मक थे। औरतों के प्रति उसमें घोर घृणा का भाव था, वह उन्हें शुभ कार्यों में बाधक समझता था। मस्लोवा को निम्न वर्ग और शोषितों का प्रतिनिधि मानता था इसलिए उसके प्रति सहानुभूति रखता था। इसीलिए शोषक वर्ग के नेख्लुदोव को नापसन्द भी करता था।

चूल्हा जला, चाय बनी और लोगों के डिब्बों और प्यालों में उड़ेली गई, दूध मिलाया गया, अंडे, मक्खन, रस्क आदि दिए गए और सब एकत्र होकर चाय का आनन्द लेने लगे। सिर्फ क्राइल्तज़ोव अपने स्थान पर ओढ़कर बैठा नेख्लुदोव से बातें कर रहा था।

राजनीतिक बन्दियों में से अधिकांश प्रेम के जाल में फंस चुके थे। नोवोदवोरोव मुस्कानमयी सुन्दरी ग्रेवेत्ज़ के साथ प्रेम करता था, वह भी उसे चाहती थी। ग्रेवेत्ज़ को क्रान्ति की समस्या से कोई दिलचस्पी न थी किन्तु ज़माने की हवा के साथ वह बह गई थी। वीरा दूसरों को प्रेम करनेवाली थी किन्तु दूसरों में प्रेम-भावना जगाने में असमर्थ थी, पहले नबातोव, फिर नोवोदवोरोव की ओर आकर्षित थी। क्राइल्तज़ोव मेरी पावलोव्ना के प्रति प्रेम ही जैसी किसी भावना का अनुभव करता था किन्तु चूंकि वह ऐसे प्रेम को पसन्द न करती थी इसलिए अपनी भावना को छिपाकर रखता था और उसे उसकी नम्र सेवाओं के प्रति मैत्री एवं कृतज्ञता के रूप में प्रकाशित करता था। नबातोव एवं रंतज़ेवा परस्पर आकर्षणबद्ध थे। जैसे मेरी एक परिपूर्ण एवं विशुद्ध कुमारिका थी वैसे ही रंतज़ेवा पूर्णतः निष्ठावती पत्नी थी। सोलह वर्ष की छात्रावस्था में ही वह रंतज़ेव के प्रेम में पड़ गई थी और उन्नीस साल की उम्र में उससे शादी कर ली थी। पति के क्रांतिकारी आन्दोलन में पड़ते ही

अपना अध्ययन छोड़ उसने भी उसका अनुसरण किया है जो कुछ उसका पति करता उसे ही वह भी पूर्ण सत्य मानती थी। अपने पति एवं शिशु से जुदा होते उसे अतीव वेदना हुई थी किन्तु उसने धैर्य के साथ उसे सहन किया। मन-प्राण से वह सदा पति के साथ रहती थी और किसी दूसरे पुरुष को प्यार करना उसके लिए सम्भव न था किन्तु नवातोव के भक्तिपूर्ण शुद्ध प्रेम ने उसे द्रवित कर दिया था। उसके पति का यह सदाचारी मित्र उसके साथ बहिन की भांति आचरण करने की कोशिश करता था किन्तु अपने प्रति उसके व्यवहार में कुछ और झलकने लगा था जो दोनों को भीत कर देता था। इस प्रकार इस मण्डली में केवल मेरी पावलोव्ना और कोंद्रातीव दो ही इस प्रकार के मनोवेग से मुक्त थे।

नेख्लुदोव क्राइल्तज़ोब से बातें कर रहा था कि नोवोदवोरोब भी उसमें शामिल हो गया। इसी समय मामूली कैदियों के कक्ष से आवाज़ आई, "खून! खून! मदद!" नोवोदवोरोव बोला, "देखो इन जानवरों को! हमसे इनकी क्या समता हो सकती है?"

"आप इन्हें जानवर कहते हैं! और नेख्लुदोव मुझे मेकर के एक दूसरे साथी के लिए गहरे त्याग की कहानी सुना रहा था। वह कोई जानवर का कार्य नहीं, वह वीरता का कार्य है।" क्राइल्तज़ोव ने कहा। नोवोदवोरोब बोला, "यह भावावेश-मात्र है। हमें जनता की सेवा करनी चाहिए परन्तु जब तक वह मूर्छित है हमारे कार्यकर्ता बन्धुओं में उसे स्थान नहीं मिल सकता है यह सोचना कि उनमें विकास की प्रक्रिया चल रही है, भ्रम-मात्र है।" क्राइल्तज़ोव बोला, "हम अपने को स्वेच्छाचारी शासन के विरुद्ध मानते हैं किन्तु क्या यह खुद निरंकुशता नहीं है? आप कैसे कह सकते हैं कि जो रास्ता आप बताते हैं वही सच्चा रास्ता है?" मेरी, मस्लोवा और नबातोव भी पास बैठे इनकी बातें सुन रहे थे। मेरी बोली, "ये लोग सदा बहस ही करते रहते हैं!" नेख्लुदोव ने उससे पूछा, "इस विषय पर तुम्हारी क्या राय है?" वह बोली, "मैं अनातोले से सहमत हूं कि हमें जनता पर अपने विचार ज़बर्दस्ती नहीं लादने चाहिए।" "और तुम कतूशा?" नेख्लुदोव ने पूछा। कतूशा ने कहा, "मैं समझती हूं कि सामान्य लोगों को समझने में बड़ा अन्याय किया जा रहा है।" नबातोद बोल उठा, "मस्लोवा बिल्कुल ठीक कहती है।"

इसी समय साइमंसन ने नेख्लुदोव के कंधे पर हाथ रखा और कहा, "क्या आप अब मुझसे बातें कर सकते हैं?" कतूशा ने ऊपर आंखें उठाई, नेख्लुदोव से उसकी आंखें मिलीं और वह लजा गई। जब दोनों हाल के रास्ते पर आ गए तो साइमंसन ने कहा, "मस्लोवा के साथ आपके सम्बन्ध को जानते हुए मैं अपना कर्तव्य समझता हूं···" कहकर पास से आ रहे शोर के मारे वह रुक गया। इसी समय मेरी ने आकर कहा, "इस शोरगुल में आप लोग कैसे बातें करेंगे। वीरा अपनी कोठरी में सरदर्द के मारे सो गई है; वहीं चलिए। वह आप लोगों की बातें नहीं सुन सकेगी; मैं भी चली जाऊंगी।" साइमंसन ने कहा, "नहीं, तुम रहो। किसीसे, फिर तुमसे, छिपाने योग्य कोई बात नहीं है।" जब तीनों जाकर कोठरी में बैठ गए, साइमंसन ने कहा, बात यह है कि मैं मस्लोवा से विवाह करना चाहता हूं और उससे अपनी पत्नी बनने की प्रार्थना करने का विचार कर रहा हूं।"

"मैं क्या कर सकता हूं? यह तो उसीपर निर्भर है।" नेख्लुदोव ने कहा।

"परन्तु वह आपके बिना कोई निर्णय नहीं कर सकती; जब तक आपके साथ उसके सम्बन्ध का निर्णय नहीं हो जाता वह किसी निर्णय पर नहीं पहुंच सकती।"

"जहां तक मेरा सम्बन्ध है, उसके बारे में निर्णय हो चुका है। मैं अपना कर्तव्य करना और उसके दुर्भाग्य को हल्का करना चाहता हूं किन्तु उसपर कोई दबाव नहीं डालूंगा।"

"किन्तु वह आपका बलिदान स्वीकार नहीं करेगी। यह उसका अन्तिम निर्णय है। वह चाहती है कि आप भी उसकी तरह ही सोचें।"

"जिसे मैं अपना कर्तव्य मानता हूं उसे कैसे छोड़ सकता हूं। मैं स्वतन्त्र नहीं हूं; वह है।"

"मैं उससे यही कह दूंगा। आप यह न सोचें कि मैं उसके प्रेम में पड़ गया हूं। मैं उसे एक उच्च असाधारण मानवी के रूप में, जिसने बहुत दुःख सहा है, प्यार करता हूं। मैं उससे कुछ नहीं चाहता, केवल उसकी मदद करना चाहता हूं।···यदि वह आपका बलिदान नहीं ग्रहण करती तो मेरी सहायता लेने की आज्ञा दीजिए। यदि वह स्वीकार करेगी तो मैं उसके पास बंदीगृह में रहने के लिए दर्खास्त दूंगा। मैं यही चाहता था कि उसे सुखी करने की इच्छा रखते हुए क्या आप मेरे साथ उसके विवाह करने को ठीक समझते हैं?"

"निश्चय ही।" नेख्लुदोव ने दृढ़तापूर्वक कहा।

"सब कुछ उसपर निर्भर है; मैं इतना ही चाहता हूं कि इस अशांत एवं पीड़ित आत्मा को शान्ति मिले।" कहते हुए साइमंसन उठा और नेख्लुदोव का चुम्बन लेकर चला गया।

"मैं कभी कल्पना भी नहीं करती थी कि साइमंसन भी इस प्रकार प्रेम में पागल हो सकता है।" मेरी बोली। नेख्लुदोव ने कहा, "किन्तु कतूशा इसे किस रूप में लेती है?"

"कतूशा? अपने विकृत अतीत के बावजूद उसे उच्च नैतिक प्रकृति प्राप्त हुई है। वह सूक्ष्म भावनावाली लड़की है। वह आपको प्यार करती है—खूब प्यार करती है। आपके साथ अपने को सम्बद्ध न करके भी वह आपका नकारात्मक मंगल ही चाहती है। आपके साथ विवाह करना अपने उच्च त्यागपूर्ण नैतिक स्तर से पतित होना समझती है इसीलिए इसके लिए हर्गिज़ तैयार नहीं है। आपकी उपस्थिति से, आपका कष्ट देख उसको दुःख होता है।···वह इस भावावेग पूर्ण प्रेम को गलत समझती है। मेरा विश्वास है कि साइमंसन का भावावेग भी सामान्य पुरुष का भावावेग है यद्यपि उसपर एक आवरण छाया हुआ है। वह अपने प्रेम को अशेरीरी मानता है किन्तु मैं समझती हूं, तली में वही वैषयिक प्रेम है।···मेरी समझ में आप कतूशा से खुलकर बातें कर लें। मैं अभी जाकर उसे भेज देती हूं।" कहकर मेरी चली गई। नेख्लुदोव सोचने लगा कि साइमंसन ने मुझे बंधन मुक्त कर दिया है, फिर भी उसे इससे पीड़ा हुई। एक तो साइमंसन के प्रस्ताव ने उसके त्याग एवं कर्तव्य की महिमा को कम कर दिया; नेख्लुदोव के मन में यह जानकर भी पीड़ा हुई कि वह उसके अलावा दूसरे किसीको भी प्यार कर सकती है। उसकी सब योजनाएं भी व्यर्थ हो जाएंगी; अब उसे नये सिरे से जीवन की योजना बनानी पड़ेगी। कतूशा आकर पास बैठ गई। नेख्लुदोव ने कहा, "साइमंसन से बातें हो रही थीं। उसने मुझसे कहा है कि वह तुमसे ब्याह करना चाहता है।"

कतूशा का चेहरा दर्द से सकंचित हो गया परन्तु उसने अपनी आंखें झुका लीं। नेख्लुदोव ने कहा, "तुम निर्णय करो।" वह बोली, "मैं क्या निर्णय करूं? सब कुछ बहुत पहले निश्चित हो चुका है।···मैं कैसे पत्नी बन सकूंगी—मैं, एक दण्डित बन्दिनी? मैं उसका भी क्यों सर्वनाश करूं?"

"किन्तु यदि सज़ा मंसूख हो जाएगी तो?"

"कृपया, मुझे अकेली छोड़ दें। मुझे और कुछ कहना नहीं है।" कहकर वह उठी और चली गई। नेख्लुदोव भी सबको 'शुभरात्रि' कहकर जेल के बाहर आ गया।

सराय में लौटकर अपने बिस्तरे पर लेटे नेख्लुदोव के मन में कितनी ही बातें आ रही थीं। आश्चर्य तो यह था कि आज मस्लोवा से हुई महत्त्वपूर्ण बातों का उसे खयाल भी न आया। वह पीड़ितों, अपराधियों, कैदियों की बात सोच रहा था—दूर कहीं ऐसे आदमियों का होना जो दूसरों को अपमानित करते, उन्हें अमानुषिक रूप से विकृत एवं पीड़ित करते हैं, एक बात है और लगातार तीन महीनों से मनुष्यों द्वारा दूसरे मनुष्यों का शोषण और उत्पीड़न देखना एक दूसरी बात है। इस अवधि में कई बार नेख्लुदोव ने अपने से प्रश्न किया है, 'क्या मैं पागल हूं कि ऐसी बातें देखता-सोचता हूं जो दूसरे नहीं देखते या वे पागल हैं जो इन कामों को करते हैं?' और बहुसंख्यक जन बड़े विश्वास के साथ उसे आवश्यक समझकर करते जा रहे हैं जिसे वह भयानक मानता है। उन्हें पागल मानना भी मुश्किल है किन्तु वह भी स्पष्टता के साथ उनके अन्यायों को देखते हुए अपने को पागल कैसे मान सकता है? इतने आदमी जो मुक्त मनुष्यों से किसी भांति भिन्न नहीं हैं अपने कुटुम्बों से छुड़ाकर जेलों में या साइबेरिया भेज दिए जाते हैं, प्राकृतिक एवं नैतिक जीवन के वातावरण से बहुत दूर। उन्हें हथकड़ी-बेड़ी में बांधा जाता है; उनके सिर मुंड़ा दिए जाते हैं, गंदे चिथड़े पहनने को दिए जाते हैं—मतलब उन्हें सत्प्रेरणाओं से दूर कर दिया जाता है। मानवीय सम्मान की भावना उनमें से लुप्त कर दी जाती है। उन्हें अत्यन्त विकृत, दुश्चरित्र व्यक्तियों, खूनियों, बदमाशों के साथ रखा जाता है। जब सरकार का स्वार्थ सधता है वह इनके साथ हर प्रकार की हिंसा, निर्दयता, अमानुषिकता होने देती है। मानो ये सारी संस्थाएं मानव में विकृति एवं पाप की उत्पत्ति के लिए ही बनाई गई हों। जब ये लोग जेलों एवं निर्वासनों में और भी गहरे अपराधी हो जाते हैं तब इन्हें जनसमागम द्वारा दूसरों को भी विकृत करने के लिए मुक्त कर दिया जाता है। इन बातों की एक ही सफाई दी जा सकती है कि भय-परिशोध एवं कानूनी दण्ड द्वारा अपराध का नियंत्रण होगा किन्तु अनुभव से स्पस्ट है कि इनसे अपराध घटता नहीं बढ़ता ही जाता है। लोग जेल के आदी होकर स्वेच्छा से अपराध करके फिर जेल लौटते हैं। 'तब यह सब क्यों किया जाता है?'

नेख्लुदोव अपने से पूछता है किन्तु कुछ उत्तर नहीं पाता। सबसे आश्चर्य की बात तो यह है कि यह सब आकस्मिक रूप से, या किसी गलती के कारण, या एक बार नहीं होता; सदियों से होता आ रहा है। हां, आदर्श बंदीगृहों में फांसी देने के लिए बिजली का प्रयोग किया जाता है किन्तु इस सुसंस्कृत हिंसा की बात सोचकर उसको और घृणा होती है। सबसे अधिक विरक्ति उसे यह सोचकर होती थी कि यह सब काम करने के लिए जनकोष से लम्बे वेतन पानेवाले कितने ही अफसर, कर्मचारी, जज, अभियोजक रखे गए हैं और इनके द्वारा लाखों व्यक्तियों को इस प्रकार दण्डित किया या रखा जा रहा है कि वे शरीर से और आध्यात्मिक दृष्टि से विनष्ट होते जा रहे हैं। बंदीगृहों में रहकर निर्दोष बंदी भी शराबखोरी, जुआ, निर्दयता तथा अनेक भयानक अपराध करना सीखते हैं। यह सब इसीलिए हो रहा है कि एक आदमी दूसरे को दण्ड देने का अधिकारी मान लिया गया है। मंत्री, सचिव, उच्चाधिकारी, किसीको न्याय की चिन्ता नहीं है, वे लोगों का कल्याण नहीं चाहते, उन्हें केवल अपने वेतन से मतलब हैं। यह वेतन भी उन्हें ऐसे काम के लिए दिया जा रहा है जिससे सम्पूर्ण विकृति और पीड़ा पैदा होती है।

यही सब सोचते-सोचते नेख्लुदोव सो गया।

दूसरे दिन देर से उठने पर उसे एक पत्र मिला। यह मेरी पावलोव्ना का पत्र था जिसमें उसने लिखा था कि "क्राइल्तज़ोव पर भयानक दौरा हुआ है। हम लोगों की इच्छा थी कि उसे यहीं छोड़ दिया जाए और हममें से कोई रुककर उसकी सेवा करे किन्तु वैसा नहीं करने दिया गया। कृपया अगले पड़ाव पर इस प्रकार की व्यवस्था करने की चेष्टा कीजिए। यदि उसके साथ सेवा के हित रहने के लिए मुझे शादी भी करनी पड़े तो मैं तैयार हूं।"

नेख्लुदोव ने एक तेज़ छकड़ा मंगवाया, सराय मालकिन का बिल चुकाया और चल दिया। आगे उसे एक छकड़े पर क्राइल्तज़ोव लेटा मिला। ऊबड़-खाबड़ मार्ग के धक्कों से उसकी हालत और भी बुरी हो रही थी। साधारण कुशल-प्रश्न के बाद वह आगे बढ़ गया। आगे उसे कतूशा,साइमंसन आदि मिले पर उसने उनपर विशेष ध्यान न दिया। धीरे-धीरे सब एक नदी के किनारे पहुंच गए। एक बहुत बड़ी नाव पर छकड़ों सहित जितने आदमी लद सकते थे, लद गए। और भी आदमी उसपर आना चाहते थे किन्तु नाविक ने नाव खोल दी। उस पार से गिर्जे के

घंटे बज उठे। सब लोगों ने प्रार्थना की किन्तु रेलिंग के पास खड़ा बिखरे बालोंवाला एक बूढ़ा सबसे अलग रहा। नेख्लुदोव ने उससे पूछा, "बढ़े बाबा, तुम प्रार्थना क्यों नहीं करते?" वह बोला, "किसकी प्रार्थना करूं?" नेख्लुदोव बोला, "ईश्वर की, और किसकी?" बूढ़े ने तमककर कहा, "ज़रा मुझे दिखा तो दो कि तुम्हारा ईश्वर कहां है?···मेरा कोई सम्प्रदाय नहीं है क्योंकि मैं किसी सम्प्रदाय में विश्वास नहीं रखता, केवल अपने अन्दर विश्वास रखता हूं।" नेख्लुदोव ने पूछा, "तब ये विभिन्न मत क्यों हैं?" बूढ़ा बोला, "इसीलिए कि मनुष्य दूसरों में विश्वास रखते हैं, अपने अन्दर नहीं। पहले मैं भी इसी प्रकार दूसरों में विश्वास करके अपने को खो चुका था। हर मज़हब सिर्फ अपनी प्रशंसा करता है इसलिए अंधे की भांति सत्य को टटोलता रह जाता है। मज़हब बहुत हैं परन्तु सबकी आत्मा एक है—मुझमें, तुममें, उसमें एक ही है इसलिए यदि हर आदमी अपने में विश्वास रखे तो सब कोई वह बन जाए और सब एक में मिल जाएं।···इस विश्वास के कारण तेईस साल से वे हमें दण्डित करते आ रहे हैं—जैसे उन्होंने ईसा को दण्डित किया था। वे पकड़कर ले जाते हैं, मेरा नाम पूछते हैं किन्तु मैं तो नाम-रहित हूं। मेरा कोई नाम-ग्राम-देश नहीं। मैं केवल मैं हूं। मैं सिर्फ आदमी हूं। वे मेरी उम्र पूछते हैं पर मैं आयुरहित हूं। सदा रहा हूं और सदा रहूंगा। पृथ्वी मेरी माता है, ईश्वर पिता है।"

"तुम कहां जा रहे हो?" नेख्लुदोव ने पूछा। बूढ़ा बोला, "जहां ईश्वर ले जाएगा। नेख्लुदोव उसे कुछ मुद्राएं देने लगा। उसने कहा, "यह सब मैं नहीं लेता। केवल रोटी लूंगा।" नेख्लुदोव उससे क्षमा मांगने लगा। वह बोला, "क्षमा की कोई बात ही नहीं। मुझे कोई अपमानित नहीं कर सकता।"

पार उतरने और शहर में पहुंचने के बाद छकड़ेवाले ने नेख्लुदोव से पूछा, "किस होटल में ले चलूं?" नेख्लुदोव ने कहा, "जो तुम्हारी राय में सबसे अच्छाहो वहां ले चलो।" वह एक अच्छे होटल में ले गया। दो मास की कठिन यात्रा के बाद अपने को स्वच्छ, अभ्यस्त वातावरण में पाकर नेख्लुदोव ने संतोष की सांस ली। स्नान किया, साफ कपड़े पहने और तांगे पर गवर्नर से मिलने गया। गवर्नर कुछ अस्वस्थ था और किसीसे भेंट न करता था किन्तु कार्ड देखकर उसने नेख्लुदोव को अन्दर बुला लिया। नेख्लुदोव ने अपनी बात समझाकर कहा, "पीटर्सबर्ग

में मुझे बताया गया था कि मस्लोवा के लिए सम्राट से जो क्षमा-प्रार्थना की गई उसका निर्णय यहीं के पते से भेजा जाएगा इसलिए मेरी प्रार्थना है कि निर्णय तक उस बन्दिनी को यहीं रोक लिया जाए। दूसरा अनुरोध एक राजनीतिक बन्दी के सम्बन्ध में है। वह बहुत ज़्यादा बीमार है—मर रहा है। वह शायद यहां अस्पताल में रख दिया जाए। एक बंदिनी उसके साथ, देख-भाल के लिए, रहना चाहती है।"

"वह उसकी रिश्तेदार है?"

"नहीं, किन्तु यदि उसके साथ रहने की सुविधा मिलती हो तो वह उससे विवाह कर सकती है।"

"औरत की सज़ा कैसी है?"

"कठोर।"

"तब विवाह से भी उसकी स्थिति नहीं बदल सकती। यदि कोई स्वतन्त्र आदमी उससे विवाह करे तो भी उसे अपनी सजा भुगतनी ही होगी। अच्छा, नाम लिख दीजिए, मैं देखूंगा। पांच बजे शाम को आकर हमारे साथ भोजन कीजिए। एक अंग्रेज़ यात्री भी आए हैं और साइबेरिया की जेलों एवं निर्वासितों की समस्या का अध्ययन कर रहे हैं। ठीक पांच बजे। मेरी पत्नी समय की पाबंद है। उसी समय मैं आपकी प्रार्थना के विषय में कुछ बता सकूंगा।"

नेख्लुदोव वहां से डाकखाने गया। वहां उसकी काफी डाक आई थी। उसमें रजिस्ट्री से आया सेलेनिन का एक पत्र भी था जिसमें उसने सूचित किया था कि पेटीशन कमेटी के सामने उसने मस्लोवा के मामले को रखा था। सचमुच उसके साथ अन्याय हुआ था और उसे जनाते प्रसन्नता है कि उसकी सज़ा कठोर श्रम की सज़ा से घटाकर साइबेरिया के पास के जिले में निर्वासन की कर दी गई है। मूल आज्ञा शायद साइबेरिया के केन्द्रीय प्रांतीय कार्यालय को भेजी गई है। प्रतिलिपि साथ जा रही है। नेख्लुदोव यह खुशखबरी सुनाने की नियत से जेल गया किन्तु इंस्पेक्टर ने उसे किसी तरह अन्दर जाने और मस्लोवा से मिलने की इजाज़त नहीं दी। सम्राट के कार्यालय से आया वह पत्र दिखाने पर भी उस पर कोई प्रभाव नहीं पड़ा। उसने यह भी कहा कि जब तक उन लोगों के पास सीधे आदेश न आएगा, मस्लोवा को छोड़ने की कोई बात नहीं की जा सकती।

जेल की इस असफलता के बावजूद उसी उत्साह और स्फूर्ति की

मनःस्थिति में नेख्लुदोव प्रादेशिक कार्यालय में यह पता लगाने गया कि मस्लोवा का क्षमापत्र वहां आया है या नहीं। वहां मालूम हुआ कि वह नहीं आया है। तब होटल में लौटकर उसने सेलेनिन और अपने वकील को चिट्ठियां लिखीं और गवर्नर की पार्टी के लिए रवाना हो गया। रास्ते-भर वह कतूशा की ही बात सोचता रहा।

जेनरल (गवर्नर) की पार्टी बड़ी शानदार थी। जेनरल और उनकी पत्नी ने नेख्लुदोव के साथ ऐसा व्यवहार किया, मानो वह चिर-परिचित हो। जेनरल की लड़की, दामाद; अंग्रेज़ यात्री सबका आचरण और वार्तालाप का ढंग इतना सुखद था, वातावरण इतना सुन्दर था और भोजन ऐसा सुस्वादु एवं सुरुचिपूर्ण था, पियानो की ध्वनि इतनी मधुर थी कि इधर के निरन्तर कष्टपूर्ण एवं अनिश्चित जीवन के बाद नेख्लुदोव कुछ देर के लिए सुख-संतोष की दुनिया में पहुंच गया। जेन-रल की कन्या के दो नन्हे शिशुओं को और उनके प्रति मां की भावना को देखकर उसे बड़ी तृप्ति मिली।

चूंकि अंग्रेज़ यात्री की इच्छा संध्या के बाद ही जेल देखने की थी इसलिए परवाना लेकर नेख्लुदोव और अंग्रेज़ यात्री जेल गए। अंग्रेज़ यात्री इन्स्पेक्टर से जेल विषयक विविध सूचनाएं पूछने और नोट करने लगा। नेख्लुदोव दुभाषिये का काम कर रहा था। किन्तु उसके मन में मस्लोवा को लेकर तरह-तरह के विचार आ रहे थे। 'मैं भी जीना चाहता हूं; मुझे भी कुटुम्ब चाहिए, बच्चे चाहिए, मानवीय जीवन चाहिए।' इसी समय मस्लोवा आ गई पर उसका चेहरा कठोर था। नेख्लुदोव को देखते ही क्षण-भर के लिए उसपर लाली आई, फिर वह पीली हो गई। उसने एक बार ऊपर देखकर निगाह झुका ली। नेख्लु-दोव ने पूछा, "तुम्हें मालूम है कि सजा में कमी हो गई है?" उसने जवाब दिया, "हां, जेलर कह रहा था।"

"हुक्म आते ही तुम बाहर आ जाओगी। तब हम विचार···।" बीच में ही नेख्लुदोव की बात काटकर कतूशा (मस्लोवा) जल्दी-जल्दी, मानो रटी बात हो, बोली, "मुझे अब क्या विचार करना है। साइमसन जहां जाएंगे, मैं उनका अनुगमन करूंगी। वे चाहते हैं कि मैं उनके साथ रहूं। मेरी इससे ज़्यादा और क्या इच्छा हो सकती है? यही अब मेरा सुख है। मेरे लिए अब और क्या है?"

नेख्लुदोव ने सोचा, 'दो ही बातें हो सकती हैं, या तो यह साइमं-सन को प्रेम करती है और उस बलिदान की इसे आवश्यकता नहीं, जो

मैं अपने विचार से इसके लिए कर रहा था, या मुझे अब भी प्यार करती है, और मेरे ही सुख के लिए मुझे अस्वीकार कर रही है और साइमंसन से शादी करके द्विधा का अन्त कर देना चाहती है। उसने कहा, "यदि तुम उसे प्यार करती हो···" कतूशा फिर बात काटकर बोल उठी, "प्यार हो या न हो, इससे क्या आता-जाता है? वह सब मैंने भुला दिया है। आप जो कुछ चाहते थे उसे न करने के लिए मुझे कृपया क्षमा कर दीजिए।" उसने नेख्लुदोव को अथाह तिरछी दृष्टि से देखा। "ऐसा ही होना है। आप भी सुखपूर्वक जिएं।" नेख्लुदोव अभी कुछ ही देर पहले एक सुखी कौटुम्बिक जीवन की कल्पना कर रहा था। परन्तु अब कतूशा से बिछुड़ते उसे वेदना हो रही थी। बोला, "मुझे यह आशा नहीं थी।"

"आप यहां रहकर क्यों कष्ट उठावें? मेरे लिए बहुत कष्ट उठा चुके।"

"मैंने कुछ कष्ट नहीं उठाया।···मैं अब भी तुम्हारी निरन्तर सेवा करते रहना चाहता हूं।"

"हम अब कुछ नहीं चाहते। आपने मेरे लिए बहुत किया। यदि आप न होते···" कहते-कहते उसकी वाणी कांप गई और वह आगे न कह सकी। फिर बोली, "अब ईश्वर ही हमारा हिसाब-किताब करेंगे।" कहते-कहते उसकी आंखें भर आईं।

"तुम कितनी अच्छी हो!"

"मैं और अच्छी!" उसने आंसू-भरी वाणी में कहा और उसके मुख पर एक करुण मुस्कान छा गई।

इसी समय अंग्रेज़ यात्री को जाने के लिए तैयार देख कतूशा ने पूछा, "मैं जाऊं?"

"मैं अंतिम विदाई न दूंगा। फिर मिलूंगा।" कतूशा ने धीरे से कहा, "मुझे क्षमा कर देना।" दोनों की आंखें मिलीं और फिर वही करुण उदास मुस्कान कतूशा के मुंह पर फैल गई। नेख्लुदोव समझ गया कि वह मुझे प्यार करती है और यह बलिदान इसीलिए कर रही है कि मैं उसके बंधन से मुक्त हो जाऊं और सुखी जीवन व्यतीत कर सकूं।

इसके बाद अंग्रेज़ यात्री जेल का अंदर से निरीक्षण करने के लिए अपने साथ नेख्लुदोव को भी ले गया। जेल के अंदर हालत बहुत बुरी थी। ठिठुरे, भूखे, आलसी, बीमार, विकारग्रस्त, प्रतिबंधित मानव भरे थे और उन्हें इस तरह दिखाया जा रहा था जैसे जानवरों को दिखाया जाता है। अंग्रेज़ ने कई जगह उनसे सवाल पूछे और कुछ शिक्षितों को

बाइबिल की प्रतियां दीं। नेख्लुदोव तो उसके पीछे-पीछे इस तरह चल रहा था मानो स्वप्न में चल रहा हो।

निर्वासितों के एक कक्ष में नेख्लुदोव को वह बूढ़ा भी दिखाई दिया जो उस दिन जहाज़ पर उससे विचित्र बातें कर रहा था। अपने अफसर (इंस्पेक्टर) को देख और कैदी तो खड़े हो गए किन्तु वह नहीं उठा। इंस्पेक्टर के कहने पर डांटकर बोला, "मैं तेरा नौकर नहीं हूं।" फिर नेख्लुदोव की ओर घूमकर कहा, "क्या तू भी इस ईसा-विरोधी सेना में है?" नेख्लुदोव बोला, "नहीं, मैं तो एक दर्शक-मात्र हूं।" बूढ़े ने कहा, अच्छा, तू यह देखने आया है कि ये ईसा-विरोधी कैसे आदमियों पर जुल्म ढाते हैं? देख, इसने इतने आदमियों को पिंजरे में बन्द कर रखा है। आदमियों को पसीना बहाकर तब भोजन करना चाहिए किन्तु इन्हें बिना काम लिए शूकरों की तरह खिलाया जाता है जिससे ये पशु बन जाएं।" अंग्रेज़ ने नेख्लुदोव के माध्यम से पूछा, "कानून का पालन न करनेवालों से किस प्रकार का व्यवहार किया जाए?" सुनकर बूढ़ा विचित्र ढंग से हंसा। फिर बोला, "कानून? पहले इसने सबको लूटा, सारी धरती छीन ली, आदमियों के सब अधिकार ले लिए, जिनने विरोध किया उन्हें मार डाला। फिर कानून लिखे कि चोरी और हत्या मत करो। इसे यह कानून पहले ही बनाना चाहिए था।...क्राइस्ट के विरोध की मुहर अपने सिर से पोंछ लें तो न चोर रह जाएंगे, न हत्यारे।...अपना काम कर और उन्हें अलग छोड़ दे। ईश्वर जानता है कि किसे मारना चाहिए, किसे क्षमा देनी चाहिए ; हम इसे नहीं जानते।...हर आदमी को स्वयं अपना स्वामी बनना चाहिए, फिर बाहरी स्वामियों की ज़रूरत न होगी।"

मुर्दाखाना देखते समय नेख्लुदोव को वहां एक लाश दिखाई पड़ी। नेख्लुदोव को कुछ पहचानी-सी लगी।...वहीं दृढ़ सुन्दर नाक है, वही सफेद माथा है। उसे अपनी आंखों पर विश्वास नहीं हुआ। कल ही उसे जीवित क्रोधित देखा था। आज वह शान्त है। क्राइल्तज़ोव ही तो है। 'उसने क्यों इतनी पीड़ा सही? क्यों जिया? क्या अब वह समझता है?' परन्तु सोचने पर भी नेख्लुदोव को कोई उत्तर नहीं मिला। वहां सिर्फ मौत थी; और कुछ नहीं। उसे मूर्छा-सी आने लगी। अंग्रेज़ की प्रतीक्षा किए बिना उसने इंस्पेक्टर से उसे बाहर निकालने की प्रार्थना की। उसे एकान्त चिन्तन की अत्यन्त आवश्यकता थी। वह होटल लौट गया।

नेख्लुदोव सो नहीं सका; कमरे में इधर से उधर टहलता रहा। कतूशा के साथ उसका सम्बन्ध समाप्त हो गया था। वह अवांछित था। इससे उसे दुःख और लज्जा थी। पर इस समय उसके दिमाग पर वे सब भयंकर कुरीतियां छा गई थीं जिन्हें इधर, विशेषतः आज, उसने जेल में देखा था, जिसने प्यारे क्राइल्तज़ोव की जान ले ली थी। विभिन्न अधिकारियों द्वारा बन्दी बनाए गए हज़ारों-लाखों विकृत आदमियों की तस्वीर उसके दिमाग में घूम गई। बार-बार क्रोध की अवस्था में मरे क्राइल्तज़ोव की याद आने लगी। वह पागल था या इन कृत्यों को करनेवाले ये अधिकारी पागल हैं? बार-बार यह सवाल उसके सामने आकर खड़ा हो जाता था। चिन्तन से थककर वह सोफे पर बैठ गया। सामने बाइबिल की प्रति पड़ी थी। उसने उसे उठाकर यों ही खोला। मैथ्यू का अठारहवां प्रवचन खुल गया। उसमें लिखा था, "उस घड़ी शिष्यों ने ईसा से पूछा, 'स्वर्ग-राज्य में सबसे बड़ा कौन है?' ईसा ने एक शिशु को बुलाया; उसे उनके बीच खड़ा कर दिया, फिर कहा, 'जब तक तुम इस नन्हे शिशु जैसे न बनोगे स्वर्ग-राज्य में प्रवेश नहीं कर सकते।···जो अपने को इस बच्चे के समान लघु बना लेता है वही स्वर्ग-राज्य में सबसे बड़ा है।'" नेख्लुदोव के मन में बात बैठ गई, 'नम्र बनने पर मुझे भी आनन्द एवं शान्ति का अनुभव हुआ था। आगे फिर पढ़ा, "और जो कोई ऐसा एक शिशु मेरे नाम पर ग्रहण करता है, वह मुझे ही ग्रहण करता है।" इसका क्या मतलब है? 'कौन ग्रहण करता है' 'मेरे नाम पर'—कुछ स्पष्ट समझ में नहीं आया। फिर भी वह पढ़ता ही गया, "स्वर्गस्थित तुम्हारे पिता की यह इच्छा नहीं है कि एक लघु प्राणी भी नष्ट हो।" उसने मन में सोचा, 'ओह! पिता की ऐसी इच्छा न होने पर भी यहां हजारों-लाखों नष्ट होते जा रहे हैं और उनकी रक्षा का कोई साधन नहीं है!'

"···पीटर ने आकर ईसा से पूछा, 'मैं कितनी बार अपने भाई द्वारा किया अपमान सहूं?''सात बार?' ईसा ने कहा, 'सात नहीं, सातके सत्तर गुने बार तक।' स्वर्ग का राज्य उस राजा के समान है जिसके सामने ऋणग्रस्त एक दास लाया गया। उसे देना बहुत था किन्तु उसके पास देने को कुछ न था। राजा ने स्त्री, पुत्र सब बेचकर ऋण चुकाने की आज्ञा दी। इसपर वह दंडवत् करके बोला, 'प्रभु, धीरज धरें, मैं सब दे दूंगा।' स्वामी ने करुणा करके उसकी ऋणमुक्त कर दिया। किन्तु उस दास ने जाकर दूसरे दास का गला धर दबाया, जो उसका ऋणी था।

वह बड़ा गिड़गिड़ाया और धीरज रखने को कहा परन्तु वह शान्त नहीं हुआ और उसे जेल में ले जाकर बन्द कर दिया। उसके साथियों ने यह बात जाकर राजा से बताई। राजा ने उसे बुलाकर कहा, "दुष्ट, मैंने तेरी विनती पर सारा कर्ज़ माफ कर दिया। जैसे मैंने तुझपर दया की वैसे ही क्या तुझे अपने साथी दास पर दया न करनी चाहिए थी?' "

'बस, यही बात है। यही सब कुछ है।' नेख्लुदोव ने अपने मन में कहा। इसके बाद नेख्लुदोव के साथ वही हुआ जो आध्यात्मिक जीवन बितानेवाले हर आदमी के साथ होता है। जो विचार एवं बातें उसे जटिल, परस्पर-विरोधी एवं उपहास पूर्ण-सी मालूम होती थीं, सहसा बिल्कुल सरल हो गईं—निश्चित लगने लगीं। उसे लगा कि जिस भयंकर बुराई से सब लोग कष्ट पा रहे हैं उससे मुक्ति पाने का एक ही मार्ग है कि सब अपने को ईश्वर के आगे अपराधी समझें और दूसरों को दंड देने या सुधारने में अपने को अयोग्य मानें। सारी बुराई की जड़ यही है कि स्वयं बुराई में डूबे रहते हुए भी हम बुराई को दूर करने की चेष्टा करते हैं। हमें अनन्त क्षमा ग्रहण करनी होगी क्योंकि कोई भी निष्पाप नहीं है, इसलिए किसीको दूसरे को दण्ड देने या सुधारने का अधिकार नहीं है।...सदियों से अपराधी फांसी पाते रहे हैं। क्या उनका अन्त हो गया? नहीं, उनकी संख्या बराबर बढ़ती गई—केवल दण्ड से विकृत अपराधियों के द्वारा नहीं वरन् कानूनी अपराधियों—जजों,अभियोजकों, मजिस्ट्रेटों तथा जेलरों—के कारण, जो मानवों को न्याय करते और उन्हें दण्ड देते हैं। समाज में जो व्यवस्था और शांति आज भी कायम है वह केवल इसलिए है कि इस प्रकार दूषित हो जाने पर इन मनुष्यों में एक-दूसरे के प्रति दया और प्रेम है।

उसने पुन: बाइबिल के दस आदेशों का पारायण किया। सदा की भांत्ति उसे शान्ति तो मिली ही पर उसने यह भी देखा कि ये कोई सुन्दर-भावपूर्ण उपदेश-मात्र नहीं वरन् सरल, स्पष्ट एवं व्यावहारिक नियम हैं जिनके पालन से एक सम्पूर्ण, नवीन एवं अद्‌भुत जीवन की रचना की जा सकती है और इस धरती पर ही स्वर्ग का निर्माण हो सकता है। मैथ्यू द्वारा निर्दिष्ट निम्नलिखित पांच यमों के पालन से सब कुछ मंगलमय हो सकता है,

1. मनुष्य को न केवल हत्या वरन अपने बन्धु के प्रति क्रोध से भी बचना चाहिए। किसीको अपदार्थ नहीं मानना चाहिए। यदि किसीसे

झगड़ा किया है तो प्रार्थना के पूर्व उससे मैत्री कर लेनी चाहिए।

(5 : 21-26)

2. मनुष्य को न केवल व्यभिचार से बचना चाहिए वरन् किसी नारी के सौन्दर्य के उपभोग की चेष्टा भी न करनी चाहिए। यदि एक बार वह किसी स्त्री से सम्बद्ध हो चुका है तो उसके प्रति उसे कभी विश्वासघात नहीं करना चाहिए। (5 : 27-32)

3. मनुष्य को कभी शपथ के बंधन में नहीं बंधना चाहिए।

(5 : 33-37)

4. मानव को न केवल आंख के बदले आंखवाली प्रतिहिंसा से बचना चाहिए वरन् एक गाल पर किसीके थप्पड़ मारने पर उसे दूसरा गाल भी उसकी ओर कर देना चाहिए; दूसरे को क्षमा कर देना चाहिए। दूसरे उससे कोई सेवा मांगे तो उससे इनकार नहीं करना चाहिए।

(5 : 38-42)

5. मनुष्य को अपने शत्रु से न केवल घृणा और लड़ाई न करनी चाहिए वरन् उसे प्यार करना चाहिए, उसकी सहायता और सेवा करनी चाहिए।

नेख्लुदोव प्रदीप की ओर देखता हुआ निश्चल बैठा रहा। हम लोग जीवन की जिस दानवी अव्यवस्था के बीच रह रहे हैं उसे याद करते हुए उसने समझ लिया कि यदि मनुष्य इन नियमों का पालन करने लगे तो जीवन क्या से क्या हो सकता है। इतने दिनों तक विस्मृत आनन्द से उसका हृदय भर गया—जैसे थकान और पीड़ा की लम्बी अवधि के बाद सहसा उसे मुक्ति और शान्ति मिल गई हो। वह रात-भर सो न सका। आज पहली बार उसे इन शब्दों का पूरा मतलब समझ में आ रहा था। इस नवीन आह्लादकारी ज्ञानोदय को उसकी आत्मा इस प्रकार सोख रही थी जैसे स्पंज पानी को सोखता है। जानता तो इन बातों को वह पहले भी था परन्तु उनकी अनुभूति आज पहली बार हो रही थी। आज वह केवल इतना ही अनुभव नहीं कर रहा था कि इन नियमों का पालन करके मानव सर्वोच्च मंगल की सिद्धि कर सकता है, बल्कि यह भी अनुभव कर रहा था कि इन नियमों का पालन करना ही प्रत्येक मानव का एकमात्र कर्तव्य है; इन्हीं में जीवन का रहस्य छिपा है और इनसे ज़रा भी दूर हटना भूल है। उसे वह रूपक याद आ गया जिसमें अंगूर के बाग में काम करने के लिए भेजे गए किसान अपने स्वामी को भूलकर और उसे अपना समझकर उसका उपभोग करते हैं और स्वामी की याद

दिलाने पर दूसरों को मारने लगते हैं। नेख्लुदोव ने सोचा कि क्या हम भी वही नहीं कर रहे हैं? जीवन को अपना समझकर उसका अपने सुखोपभोग में प्रयोग कर रहे हैं। 'सर्व प्रथम भगवान के पुण्यमार्ग की खोज कर; और सब कुछ तुझे स्वतः मिल जाएगा।' उसने मन में कहा, 'बस, यही मेरे जीवन का कार्य है।'

उस रात नेख्लुदोव में एक पूर्णतः नवीन जीवन का उदय हुआ और सब वस्तुएं एक नवीन और भिन्न अर्थ से पूर्ण हो गईं जैसे उसका पुनर्जन्म हुआ हो। यह तो भविष्य ही बताएगा कि इस पुनर्जन्म का अन्त क्या होगा।

◇◇◇